TÂI-GÍ SIM-HUE-KHUI

台語心花開

學台文超入門

鄭順聰——著

各界贊聲

順聽老師一直致力於蒐集保存各種台語地方詞彙，透過他的作品讓不熟悉台語的人能夠學習食衣住行中各種正港有台語氣的詞彙用法，也讓原本熟悉台語的人從文學的角度再次認識並欣賞台語的媠氣。

——吉尼（青虫 aoi 主唱）

台語原來那麼「皮」！居然能在短短一句話中有嗅覺、有動作、有逗弄、更有意義精準到位。因為節目《HiHi 導覽先生》第一次在人生當中「好好學語言」獻給了這塊土地的博大精深之成果，有台語師父順聽老師的帶領下，台語也不再那麼陌生有距離，反而像一個老頑童一樣陪伴著我的每一天，現在一個人的 murmur 也都變成台語啦！

——李霈瑜（金鐘主持、演員）

打球的時候，最喜歡遇到一種隊友：這種隊友，能夠洞察場上情勢即時回應，連結起團隊的共識，並且為逆境做出突破——順聽就是「台語」在這個充滿變化的新時代，最需要的神隊友。如果你想知道什麼是台語的神隊友，《台語心花開》正是一本非常「鄭順聽」，又非常「當代」、非常「台語」的實用上手好作品！

——汪兆謙（阮劇團藝術總監）

經過久長的母語運動，二、三代人的拍拚，現此時的台語文，展現 tī 世人面頭前的，已經是完全無仝款的面貌。當代的台語人所思考的，已經是「按怎 hōo 台語融入現代生活的無仝面向」、「按怎 hōo 台語會當得著社會大眾普遍的認同 kap 使用」。這本《台語心花開》，共這種台語的新面貌完全表現出來。文筆和內容 lóng 真精采，我想，無論台語文的初學者抑是老鳥，讀了

lóng 會「心花開」。推薦 hōo 對台語有興趣的你。

——何信翰（台中教育大學台灣語文學系副教授）

我想這已經不是一個以自身台語「講袂輾轉」為趣的時代，近年新式台語歌儼然成為一種新潮流，這並非代表語平運動已進入尾聲，而是這優美語言的一華麗轉身，我們受它牽引、開始相信進步的同時也有力量帶走它失落的部分，在一退一進的舞步中找到自己、與它齊綻放。這人人都能共舞的天地是順聽老師透過幾年來的書寫、推廣，栽種開關於其中。

——依玲（淺堤樂團主唱）

語言沒使用就會生疏，然後慢慢被遺忘，在這過程中詞彙往往是第一個犧牲者。

《台語心花開》看似工具書，但它以生動的日常經驗匯集口語化的生活用詞，並有著詳細的同義詞與近義詞延伸。書本內容除了把更多適當、道地的詞彙放進生活以外，對於詞曲創作者來說還提供了更多精確的用字遣詞，不論對口說或創作都是一股強大助力。

——冠佑（美秀集團鍵盤手）

《台語心花開》盡趣味（tsìn tshù-bī），讓人一頁一頁欲罷不能。作者從日常切入，筆觸生動幽默躍然紙上，文末的字詞整理表，更深一層引領讀者觸類旁通，深入淺出最難能可貴。

其中最有感的是「環島聽口音」，身為宜蘭女兒，雖以優勢腔播報，但開場自介仍堅持以宜蘭腔唸自己的姓氏黃 Uînn，而非優勢腔 N̂g，母語是鄉愁、是情感，兼容並蓄於台灣各地的腔口（khiunn-kháu），也是台語可愛之處。

對於未受過本土語言教育的人，明明能聽說台語，卻往往受挫於台羅拼音、台語文，通篇文字看甲霧嗄嗄（bū-sà-sà），想親近母語而不得，難免沮喪，但語言存續，除了口語相傳，文字典藏更為重要，所以想學台語又畏懼台文的人，這本書正好是引人一腳踏入台文世界的絕佳入門書。

——黃筱純（鏡新聞台語主播）

台語在這片島嶼扎根生長數百年，發展出各路南北腔調、生猛活跳，可惜歷史因緣翻弄，直到網路時代，台文書寫與教育才有機會在島嶼上落地。感謝順聰兄專注台文寫作，勤學筆耕，從家庭生活到社會文化，淬煉台語關鍵字，讓新世代有機會打開台文視窗及台語頻道，重新連結台語人世代積累的珍貴資料庫，也給自己的心，留一條回轉土地的歸鄉路。

——賴青松（穀東俱樂部發起人）

目次

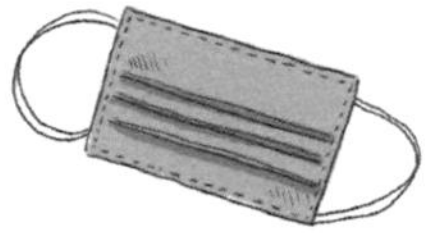

家居與清理

流通與溝通

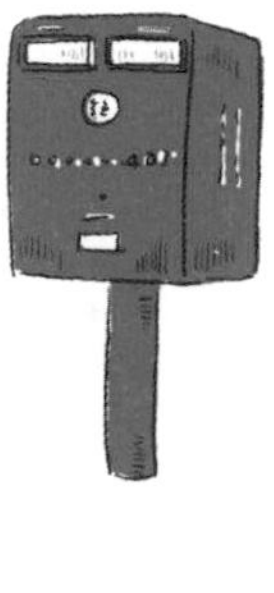

休閒與娛樂

日常與天氣

習性與癖好

情緒與心理

環島聽口音

飲食腔調學

踏話頭

心花開的新時代：台文百貨公司

還不知道是什麼意思，一聽到就著迷了，好像喝可爾必思那種酸酸甜甜的感覺，啊！這就是戀愛，這就是台語啊！

是在吃早餐時聽到的台語歌，打開螢幕就沉迷不已的台語劇，好多同學好認真在學台文，崇拜那位台語超級好的網紅……或想起長輩若有似無的溫暖音聲，時不時左鄰右舍親切的招呼，近從菜市場與小吃攤，遠至出國旅遊遇到台灣人，走到哪裡都有台語。

台語已經不一樣，這是**心花開**（sim-hue-khui，**心花怒放**）的新時代。

這幾年，語平運動儼然台灣社會的主流，尤其是二〇一八年年底《國家語言發展法》立法通過後，客語、原住民各族語、閩東語、手語以及台語，正式成為我們台灣的國語。上一本書《台語好日子》出版後，順聽我聽到各方的聲音，想學習更深更廣的台語，需要一本台文的超級入門。

順應這樣的聲音，《台語心花開：學台文超入門》便展開在讀者面前，內容依序從食、衣、住、行、育、樂各面向切入，有娛樂有運動，有耍廢有爆笑，有現代人著迷的心理分析與紓壓療癒，壓軸是台灣各地腔調的豆知識，以及風土飲食的爆點觀察。

全書主要以華文書寫，共計五十篇，依主題分類為十大章節。除了最後兩章，前八章前後切分為「主文」與「字詞整理表」，供讀者對照參考。主文乃透過敘述、議論、故事等，帶你進入情境之中，自然而然遇到台文字——這些台語漢字與羅馬拼音，是順聽絞盡腦汁來彙整與串連的，每一組字詞，都會套上**心花色**，讓台文心花朵朵開。

每篇主文一千多字出頭，每頁字詞整理的數量約二十字，整本書統計起來，約有一千組台文字——像種植在花園裡的奼紫嫣紅，讓讀者來欣賞、採擷、取用。學習語言就是這樣子，多次唸讀以熟習之，記在腦中融入心裡頭，就能運用於生活，發表於網路，寫成一篇篇文章與詩歌。

此書有份獨家贈禮，安置在字詞整理表的最後，是順聽窮搜博採的「類義詞」。因台語的用詞歧出且多樣，更有歷史脈絡與地域特質之層層累積，相同的意義會有許多類似的用詞，我當作多寶格搜集珍藏，讓讀者來品味鑑賞。

最好讀過學台語的第一本書《台語好日子》，具備基本的觀念與能力後，再進入《台語心花開》這座花園，將更為得心應手，在此就不多加重複。書中台語的漢字、拼音、解釋，皆引自「臺灣閩南語常用詞辭典」，簡稱「教典」，請讀者自行上網查閱，其頁面詳盡且一目瞭然，記得按下小箭頭，會發正確的音給你聽喔。註

這本《台語心花開》，不只是字彙的整理與剖析，更是現代生活的體會與感想，就像**踅**（sėh，**逛**）台語文的百貨公司，這裡什麼都有，什麼都很豐富，什麼都很舒服，提供你使用台語、學習台文的美麗需求——展開目錄猶如翻閱DM，可照順序逐篇閱讀，或挑選你感興趣的題材——就像搭乘電扶梯上下穿繞各樓層，自在走逛，感受那乾淨明亮的寬敞，歡欣地瀏覽選購，給你安全且舒適的學習環境。

展望台灣的政府與民間，各類書籍與線上相關的教材、課程與師資，正風風火火地蓬勃發展。你只需在谷歌大神或社群媒體搜尋「台語」兩字，找程度、習性、喜好相符合的，時不時沉浸一下，就會越看越有趣、越學越順手，成為**正港**（tsiànn-káng，**正宗道地**）的台語人。

順聽是台文作家，不是專業學者：《台語心花開》為普及讀物，非學術論著。寫這本書的原因，乃希望透過親切多樣的方式，一起來領略台語的美妙美好。關於台語文的用字與解釋，盡量貼合教典的說法，若你有不一樣的語感與見解，請保持開放與尊重。關於腔調解析與飲食風土比較，純粹是順聽我的觀察，不是最終的學術定論，但希望能拋磚引玉，讓社會大眾來討論發酵，更希望台語委員會成立，為這些疑問與事理，找到清晰明確的身世。

感謝這本書的編輯瓊如，有她的督促與用心編輯，《台語心花開》才得以華麗綻放。也要特別感謝董淨瑋主編，邀請順聽在《地味手帖》撰寫一系列「腔口微微」專欄，得以彙集成〈環島聽口音〉和〈飲食腔調學〉這兩章。更要感謝台語路上的眾前輩、同行者與來勢洶洶的新人類，讓語平運動和台灣文化的花園蔚然燦爛繽紛。最終，送給大家一句話：

共台語學予媠氣，心花就會開開開！

註：書中會依行文脈絡，縮略或修改教典中關於台文字的拼音與解釋。主文的台文字列舉主要的拼音與解釋，到字詞整理表才詳加說明。

主文出現「類義詞」時，前面標示「＊」。

字詞整理表標示「＃」，或類義詞與最後兩章的部分詞彙，教典仍未收入。

飲食與味道

大稻埕小吃漫遊：美食名單一覽

極愛台灣點心（tiám-sim，小吃）的阿杰，是我的民雄同鄉，更是我國小、國中、高中的學弟，是以我都叫阿杰三層肉學弟。

無比戀鄉的他，不要說到外地不適應，連踏入美食之都府城，都受不了台南的甜膩。

然而，因在大稻埕戲苑演出，阿杰被迫到台北待個幾天。

為了安撫其心情與腸胃，北漂首日我專程帶他去媽祖廟慈聖宮的廟口，大啖滷肉飯配蘿蔔排骨湯，還特地點了一碟覆菜（phak-tshài，梅干菜）嚐鮮。在自在充滿人情味的寬闊廟埕，就著大榕樹篩落而下的天光午餐，阿杰的心情大好，一時忘了棲身大都市之窘迫。

送阿杰進劇場後，我在大稻埕四處兜晃，想他此時正在排練的地獄，必定需要舌胃之安慰，好來彌補體力與受傷的心情。

大稻埕戲苑位於八、九樓，我以樓下的永樂市場為圓心，像圓規一樣繞著走，邊拍照邊介紹*好料的（hó-liāu--ê，美食）。

永樂市場旁，著名的小吃有旗魚米粉與杏仁露，更有**雞卷**（ke-kńg），此地是用豆腐皮將豐富的肉餡捲起，入鍋油炸，配一碗清粥，是老台灣人的清晨饗宴。

此外，台北市西區沿淡水河一帶，乃**紅糟肉**（âng-tsau-bah，**紅燒肉**）的頂級精品區，只要店夠好夠老，咬下脆紅之皮，肥瘦夾層的油就此滲出來，令人回想淡水河行舟戲水的清澈往昔。

推薦名聞中外的賣麵炎仔，**烏白切**（oo-pe̍h-tshiat，**小菜**）相當精采，有白斬雞、花枝、豬肉與各種豬**腹內**（pak-lāi，**內臟**）。阿聰認為，此位於偏僻小巷的米其林級飲食攤，有環台北盆地湯最清、油麵最滑溜的**摵仔麵**（tshik-á-mī，**切仔麵**）。

何止如此，在大稻埕教堂旁，也有一家環台北盆地最好吃的冰品，在阿杰排練正水深火熱之時，我不僅傳送美食照片，還打上**米篩目**（bí-thai-ba̍k，**米苔目**）三個字——和阿杰私訊聊天時，我都寫正確的台文字，這才是正港的台語人。

三層肉學弟和我同是老饕，找獨具在地特色的小吃，乃人生一大樂事。我大推意麵王，麵條細膩優雅好似是給有錢人品嚐的，最心儀**扁食湯**（pián-sit-thng，**餛飩湯**），看似小巧嬌嫩，一咬下，扎實肉味可是種爆炸。

走著走著繞回慈聖宮廟口，向兩邊展開的攤位藏著深味，佛跳牆，魷魚螺肉蒜，四神湯配肉包，豬腳麵線，**鯊魚煙**（sua-hî-ian），清燙魷魚，還有蝦子、豬肝、蚵仔、鯛魚等**糋路**（tsìnn-lōo，**炸物**）……魚丸，貢丸，油飯全台都有，這兒的既道地且精湛，還有賣**糕仔餅**（ko-á-piánn，**糕餅**）的餅舖與甜點店，好多家可是日本時代就已創業。更不要說老牌西餐廳波麗路，現代人去不為相親，乃為歷史之滋味而來。

吃膩了，喝杯青草茶，解膩後再阿Q阿Q豪爽吃下去。

就這樣邊走邊拍照邊傳給阿杰，腦海如影像倒帶來個歷史重點整理：大稻埕清末因**茶米**（tê-bí，**茶葉**）貿易而興盛，日本人統治時匯聚了南北貨與中藥材，二戰後隨著台灣經濟起飛成為布料的集中地，跨過公元兩千年變身為觀光與文創基地，飲食的元素也不斷翻新，文青咖啡廳、新式台灣菜、異國美食一間一間開……

阿杰終於已讀，排練的空檔回覆「感謝」兩字，我猛然想起午餐時他說的話：

我當咧改澱粉，欲減肥啦。

啊！我這樣環大稻埕推薦美食，豈不將阿杰推入另一座地獄？寧夏夜市與延三夜市都還沒介紹咧！

字詞整理

點心（tiám-sim）：小吃。受華語影響俗稱小食（sió-tsiàh，食量小）。

覆菜（phak-tshài）：梅干菜。

雞卷（ke/kue-kńg）：用豬內膜或豆腐皮裹肉餡後油炸之長條狀食物。又稱**五香捲**（ngóo-hiang-kńg），**肉繭仔**（bah-kián-á），**繭仔**。

紅糟肉（âng-tsau-bah）：豬肉醃製紅麴後油炸的菜肴，俗稱紅燒肉。

烏白切（oo-pe̍h-tshiat）：小菜，指吃各種內臟類菜肴的小吃攤位。嘉義稱**滷熟肉**（lóo-si̍k-bah），台南稱**煙腸熟肉**（ian-tshiân si̍k-bah）。

腹內（pak-lāi）：動物的內臟。

摵仔麵（tshi̍k-á-mī）：俗稱的切仔麵。

米篩目（bí-thai-ba̍k）：米苔目。

扁食湯（pián-si̍t-thng）：餛飩湯。

鯊魚煙（sua-hî/hû-ian）：煙燻鯊魚肉。

糋路（tsìnn-lōo）：炸物。

糕仔餅（ko-á-piánn）：糕餅，甜食。

茶米（tê-bí）：**茶葉**（tê-hio̍h）。又稱**茶心**（tê-sim）。

類義詞 美食，佳肴，豐盛菜肴。

好料的（hó-liāu--ê）= **好食的**（hó-tsia̍h--ê）= **好食食**（hó-tsia̍h-si̍t）= **腥臊的**（tshenn/tshe-tshau--ê）= **豐沛的**（phong-phài--ê）。

炸豬排和咖哩飯：日本洋食體驗

向來很怕去百貨公司，要去都是迫不得已的（太太要求），對我來說，此「婦女樂園」，只有美食街和餐廳能讓我逗留。

太太出入各樓層瞎拼，我則在餐廳及美食街閒晃。赫然發現，怎麼宛似在日本：壽司料亭、拉麵店、烏龍麵、燒肉與丼飯等等。而且，特別符合百貨公司風格的，乃來自日本的洋食。

我特愛炸豬排餐廳，腰內肉與里肌肉都愛。上主菜之前，會端來內盛芝麻的粗缽，讓你拿起小木枝來**研**（gíng，**磨**），芝麻細細爆裂散發迷人香氣，均勻碎成粉後淋上豬排醬，等待豬排上桌。

同時，滿滿的高麗菜絲也端上，用長筷子夾至自己的小碟，**淋**（lâm，**澆**）

芝麻醬，高麗菜口感清脆卻無味，得靠芝麻醬來增益香氣和甜味，忍不住請服務生再補一大碗來。

此時，躺臥於濾網上的豬排便**糋**（tsìnn，炸）好，金黃上桌囉！有人只吃中間段，我偏好酥脆偏硬的兩側，就像早餐三明治的**俗麭**（siók-pháng，吐司），我都聲明不切邊……扯太遠了，夾起那嬌嫩的一片，**搵**（ùn，沾）豬排醬入口，於酥皮的喀滋喀滋聲中品嚐內餡噴薄而出的肉汁，再以晶瑩剔透的白米飯作為滋味的逗點，真希望這享受沒有句點……

所謂的「日本洋食」，指西方飲食傳入日本國後本土化之**料理**（liāu-lí，菜肴）。明治維新解除鎖國，大量學習西方文明，飲食也跟著洋化。二十世紀初的大正年間，有所謂的三大洋食：咖哩飯、炸豬排、可樂餅。此外還有蛋包飯、漢堡排、炸肉餅、土耳其飯等等。

以上是我讀專書查網路整理出來的，想不到的是，我們吃的拿坡里義大利麵也是日式洋食，非常驚訝！此為日本的改良，義大利人不這麼吃——飲食就像遊牧民族，會四處漂泊移居，為了融入在地的風土與脾胃，靈巧地華麗變身。

這批洋食也飄洋過海來台，有的是連鎖餐廳直營或加盟，更多的是台灣人的創發，在百貨公司與街巷小店生根發芽。就像咖哩飯，這最初源自印度的**咖哩**（ka-lí），傳至日本又轉折來到台灣，日治時期已有，但各時期的風味與手法略略不同，總不脫甘甜的溫和口味，不似原鄉印度口味多樣，偏酸偏辣或超乎想像。

咖哩也在台灣平民化了，在家自煮很日常，或於尋常巷弄的簡餐店，點一盤咖哩飯，豬牛雞魚或全素都有。端上桌時，先將米飯與醬汁分開，給你選擇，有人是全部做伙**抐**（lā，**攪**）再來吃，而我是舀一匙醬汁，再**攪**（kiáu，**摻**）飯來食。

可樂餅跟炸豬排一樣，都是炸物，內餡包的是**馬鈴薯**（má-lîng-tsî），在台灣比較少見，說真的也不得我的喜愛。與其絞做泥裹粉，不如赤條條的**礤簽**（tshuah-tshiam，**刨絲**）下鍋油炸，薯條還比較得人心。

此外，還有蛋包飯。但這兒的蛋包，可不是台語的**卵包**（nn̄g-pau，**荷包蛋**），而是將蛋液倒入平底鍋中，**煎**（tsian）做薄薄的蛋皮，最後將拌炒過番茄醬的飯「包」起來。顏色鮮黃亮眼，形狀圓潤逗趣，軟鬆入口，散發淡淡的香氣，很得孩子與少女的喜愛。

身為困在百貨公司幾乎要窒息的中年大叔，只有這些日本洋食能讓我徜徉。台派飲食是路邊攤較優，歐美飲食外頭餐廳多，台灣的百貨公司幾乎被日系包攬（韓系與東南亞漸增強），料理當然東瀛好，尤其是炸豬排，真*__紲喙__（suà-tshuì，__合口味__），喀滋喀滋入口，白米飯與高麗菜絲免費續碗，一點也不日式拘謹，反倒是洋派的豪氣爽朗囉。

字詞整理

烹煮與飲食動作

研（gíng）：研磨。

淋（lâm）：澆，淋上。

糋（tsìnn）：炸。

搵（ùn）：蘸沾。

抐（lā）：攪，攪拌。

攪（kiáu）：混和，摻雜。

礤簽（tshuah-tshiam）：刨絲。把根莖類蔬菜刨成細條或籤狀。

煎（tsian）：用少量的油乾煮食物。

食材與食物用詞

俗麭（sio̍k/siok-pháng）：吐司。源自日語的しょくパン。しょく漢字寫成食，是以台語又稱**食麭**（si̍t/sip-pháng）。

料理（liāu-lí）：本義為處理。受日語影響指菜肴與餐點。

咖哩（ka-lí）：來自印度的調味品，為英語 curry 的音譯。

馬鈴薯（má-lîng-tsî/tsû）：洋芋。

卵包（nn̄g-pau）：荷包蛋。

類義詞 合口味，對胃口。

紲喙（suà-tshuì）＝**佮喙**（kah-tshuì）＝**合味**（ha̍h-bī）＝**合脾**（ha̍h-pî）＝**合口味**（ha̍h-kháu-bī）。

辦公室女神喚醒：味道之導引術

一個平淡的週末，因上班日的疲勞累積，我昏睡到中午。要不是肚子痛急著上廁所，根本起不來，整個人鬆鬆垮垮的，隨便穿穿就出門去午餐。

想說到巷口的麵店充飢就好，沒開！去再稍遠的便當店，鐵門拉下來！茫然的我不知要去哪裡，佇立在街頭，食物越離越遠。

此時，我眼皮硬是掀開一些些，那家香港茶餐廳就映入眼簾：

想欲食較汫（tsiánn，清淡）**，無愛傷**油（iû，油膩）**，氣味毋免**厚（kāu，濃厚）**，當然毋通**澀（siap，苦澀）。

想說香港人宇宙霹靂強的就是煲粥，進店就座攤開菜單巡了三次，「對唔住」，港腔濃重的老闆跟我道歉，我們店不賣粥。

無味的週末，悲慘的假日。

此時，她就和同事推門進來了。港式餐廳若人多會併桌，被安排在我身旁，她扯開口罩，港星那般輕輕柔柔說：「我全部都要點。」

我的耳朵隨即豎起，她身上的**芳味**（phang-bī，**香味**）蓋過了食物，要不是週末疲倦得很，我對食物可是超有熱情的！但這位 office lady 比我更食神，歡欣地翻閱菜單，說這個我要吃，那個我要吃，還有那個那個……又說這家茶餐廳是香港人來開的，道地正宗，好久沒來了，特色港點好多好多，再說了一次：「我全部都要吃。」

體態輕盈、面容清秀的 office lady，談起這些菜肴的特點，如數家珍，真的是**滋味**（tsu-bī，**味道**）的女神啊！

然而，肚子虛虛的我，連一盤小小的港式蘿蔔糕都吃不完，心有餘而力不足。弱弱地閉上眼睛，時空隨即切換，彷彿聽到女神呼喚：「來，跟著我來，我是滋味的催眠師、記憶的帶路者，請跟著我來找尋酸甜苦鹹**薟**（hiam，**辣**）。」

耳中彷彿聽到媽媽的交代，要我到民雄街上去買鳳梨，跟老闆說要最酸最酸的……我隨即被酸到發抖，口腔分泌口水，這是種天然的**酸甘甜**（sng-kam-tinn，**酸中帶甜**），不像近來農改後的各種牛奶與蘋果鳳梨，都太甜了，更別說添加物一堆的**鹹酸甜**（kiâm-sng-tinn，**蜜餞**）。

小時候的家鄉仍有大片大片的甘蔗田，我對甜味的認識，是用塑膠袋套起來的削好的甘蔗，我邊啃邊將大地的糖嚼出來，那是種自然的甘。不似後來的飲料與**甜路**（tinn-lōo，**甜點**），常為人工添加物，身體總是用膩煩來反抗過多的攝取，心中隨即浮現這俗語：

艱苦頭，快活尾。

總是想起長輩的話，總是胡思亂想，其實甘蔗無論頭尾，都很甜囉。但在以往的鄉下，生活的苦無所不在，唇齒間的苦也很多，最怕媽媽煮苦瓜排骨湯，我只挑排骨來啃，苦瓜與湯我都硬吞，苦啊！

強烈的滋味往往是醃製品，鹹魚雖然**鹹篤篤**（kiâm-tok-tok，**極鹹**），但有白粥沖淡可多吃幾口。我不吃辣，卻常被朋友拉去大啖麻辣火鍋，有些湯頭還漂浮著整條的*__薟椒仔__（hiam-tsio-á，**辣椒**），我只喝了一口辣湯，再多的開水與酸梅汁都無法沖淡，舌頭噴火啊！

童年在鄉下，我不知道什麼是辣（辣是痛覺不是味覺，過去的台灣人也不嗜），麻辣火鍋是來到台北大都會才猛嚐。

滋味的記憶快轉回來，我猛然張開了眼，是啊！當下的我是在都會，坐我隔壁的 office lady 大口吃大口抱怨：薪水少少的，卻要做很多事；新人難帶難教，才來一個禮拜就溜了；想說公司這麼摳門就待到年底，領完年終趕緊另謀他就。

女神是機靈且善於享受的，辦公室的酸甜苦辣，得用口舌間的滋味來抵消。菜肴加點再拚命點，盤子擺不下甚至得侵占我的桌面。

全部都要點，全部都要吃，全都要品嚐。

字詞整理

味道的總體說法

芳味（phang-bī）：芳香的氣味。

滋味（tsu-bī）：味道，泛指酸甜苦辣鹹等味道。

薟（hiam）：辣。台語的**五味**（gōo-bī）為**酸**（sng），**甜**（tinn），**苦**（khóo），**鹹**（kiâm），**薟**。

口味的形容與描述

洴（tsiánn）：味道淡、不鹹。

油（iû）：口味油膩。

厚（kāu）：味道濃厚。

澀（siap）：苦澀不甘美。

酸甘甜（sng-kam-tinn）：形容味道酸中帶甜。

鹹篤篤（kiâm-tok-tok）：形容味道很鹹。

相關食物與比喻

鹹酸甜（kiâm-sng-tinn）：蜜餞。

甜路（tinn-lōo）：甜點，甜食。

艱苦頭，快活尾。（Kan-khóo thâu, khuìnn-uah bué/bé）：先苦後甘。

類義詞 辣椒。

薟椒仔（hiam-tsio-á）＝**薟薑仔**（hiam-kiunn-á）＝**番仔薑**（huan-á-kiunn）＝**番薑仔**（huan-kiunn-á）。

幸福餵養的媳婦：甜度冰塊剛好

我當兵的同梯袍澤，來自深綠家庭，他卻娶了位中國太太——照八點檔的發展，恐怕會引發龍捲風般的衝突。

劇情的發展剛好相反，公婆極度疼愛這位媳婦，在懷孕與照顧小孩的過程中，全力協助且百般呵護，婆媳關係極好，常常一起出遊玩樂。

某日聚會相遇，這位媳婦說孩子上學去了，有空閒餘裕，就去知名的連鎖飲料店工作。

我問「手搖杯」的台語怎麼說？她回說沒聽過客人說過咧。

手搖杯是新事物，台語本來沒有說法。我就想，那上下搖晃的動作，台語動詞是**搣**（tshik），符合台文界通行的說法：**手搣茶**（tshiú-tshik-tê）。

封口後交給客人，握在手中晃動，台語是說**搖**（iô），是以有台語人稱呼：**搖杯仔**（iô-pue-á），生動又自然。

談到涼飲，以往台灣人多去雜貨店買罐裝飲料，甚至用玻璃杯現場裝現場喝。老一輩說**涼的**（liâng--ê），也說**涼水**（liâng-tsuí），是以有人把專門用來裝承手搖杯的輕便小提袋，稱作**涼水捾**（liâng-tsuí-kuānn）。

中國媳婦來台十多年，台語聽得懂，卻不太會講，和客人溝通都用華語。我就在想，許多年輕人初入社會，也跟這位中國媳婦一樣，不諳台語，也要好好學習起。

每每客人當櫃，點買品名先不論（太多太豐富），必定會問冰塊與甜度。冰塊的台語很簡單，發音是 ping-kak，有些地方會說**霜仔**（sng-á），光視其用字與發音，清新氣質，很文青咧！

至於甜度，也就是糖摻入的分量，大致有全糖、半糖、微糖、無糖。台語的習慣語法，得顛倒詞序，**糖濟**（thn̂g tsē）、**糖半**（thn̂g puànn）、**糖少**（thn̂g tsió）。無糖就不必顛倒，直接說**無糖**（bô-thn̂g）。

然而，就我直覺的語感，還是覺得怪怪的。

直到某半夜去吃燒餅油條，點了杯豆漿，櫃檯阿姨問我：你欲甜的（tinn--ê，**全糖**）？或者是**無甜**（bô-tinn，**無糖**）？

印象中豆漿都是甜的，因近來減醣風氣盛行，無糖豆漿才普及，有些菜單上頭寫「清漿」。

事物與事理總會有許多面向，歷經發展的過程，各語言的取向也不同，華語取「糖」，台語取「甜」。

是以，在全糖與無糖之間取半，台語可說**半甜**（puànn-tinn）。

至於「微糖」就很複雜了，到底要摻多少比例的糖？怎樣才算是有點甜、又不會太甜。每家店各有其規範，甚至用「糖度計」來測量。然而，就算精準測量，人的味覺感受很主觀，有落差，自舌尖彈出的用詞也不同。

微，就是些許，分量不多，台語說*****一點仔**（tsit-tiám-á）。

說到甜，台灣人會聯想到「糖都」，以小吃與古蹟聞名的府城，對於甜有獨到且古老的見解。例如鑽進中正路巷子內，快到廟埕前有間小店掛滿台語詩，就知道老牌的雙全紅茶到了。

老闆問甜度，我都回說**鹹的**（kiâm--ê），也就是不那麼甜，是在地人的暗語。

此時，看著老闆那了悟的表情，頓覺我台南甜指數飆高，其內行也無比啊！

或有一說，府城人認為全糖之外的味覺，就屬鹹，這是種自信，是城牆那般的內外決然。我卻聯想起吃西瓜抹上鹽，先讓鹹味占先反讓後出的甜更甜——將半糖名為鹹，是一種減半之後襯托主題的**甘甜**（kam-tinn，**甜美**）。

這就是台南人的生活哲學，有慢才有快，有甜才有甘，介於全糖與無糖之間，任你自在，任你悠閒，生活才會**甜物物**（tinn-but-but，**甜滋滋**）。

這同時也是台式生活的要義，讓中國媳婦在全糖與無糖之間，認真學習，努力工作，很光榮的，掄得知名手搖杯連鎖大公司祕密客評鑑第一名，你說，甜不甜啊？

字詞整理

手搖杯動作

摵（tshi̍k）：上下用力搖晃。

搖（iô）：擺動、晃動。

冰度與滋味

涼的（liâng--ê）：涼飲。又稱**涼水**（liâng-tsuí）。

冰角（ping-kak）：冰塊。又稱**霜仔**（sng-á）。

甘甜（kam-tinn）：甜美、美好。

甜物物（tinn-but-but）：甜滋滋。

新詞建議，教典未收。

#手搖杯：**手摵茶**（tshiú-tshi̍k-tê），**搖杯仔**（iô-pue-á）。

#手搖杯小提袋：**涼水捾**（liâng-tsuí-kuānn）。

#全糖：**糖濟**（thn̂g tsē/tsuē），**甜的**（tinn--ê）。

#半糖：**糖半**（thn̂g puànn），**半甜**（puànn-tinn），**鹹的**（kiâm--ê，府城的特殊用法）。

#少糖：**糖少**（thn̂g tsió），**一點仔甜**（tsi̍t-tiám-á-tinn）。

#無糖：**無糖**（bô-thn̂g），**無甜**（bô-tinn）。

類義詞 些許，一點點，微量。

一點仔（tsi̍t-tiám-á）＝**一屑仔**（tsi̍t-sut-á）＝**一寡仔**（tsi̍t-kuá-á）＝**略略仔**（lio̍h-lio̍h-á）＝**淡薄仔**（tām-po̍h-á）。

你不知道的磅皮：家鄉味道最美

人的行為有其慣習性，尤其是飲食，就像宗教信仰般，到了一定歲數，就會膠固到難以動搖。

這可不是**揀食**（kíng-tsia̍h，**挑食**），而是人生歷程與思想義理的徹底實踐，在味覺中死硬定位。

更別說家鄉味，每每要透過飲食的儀式，才能聊慰鄉愁，讓身心靈得到安撫與鞏固，此為絕對之必要。

***枵饞**（iau-sâi，**貪吃**）如我，每次回故鄉民雄，必定「膠固」如儀。當然先吃媽媽煮的**手路菜**（tshiú-lōo-tshài，**拿手好菜**），每每擺得餐桌快要放不下，吃得我肚飽胃撐。孩子甚至孫子都長大了，我媽的專業從家庭

主婦變成農婦，每日最大的樂趣是去開心農場，踏進泥土親手栽植新鮮青菜，是最好的運動與放鬆。

回鄉隔天清早起來，我的固定儀式，必得去民雄街上吃早餐——這是台語冒險小說《大士爺厚火氣》裡頭，主角**挩窗**（thuah-thang）與虎爺哈囉聯手去戰鬼王的主要場景，乃作者順聽我味覺的永恆鄉愁。

其中，最讓**好喙斗**（hó-tshuì-táu，**不挑食**）的我著迷的，乃民雄老市場的喧譁深處，我們打貓（古地名）獨一無二的麵食。這種麵，非攪拌麻醬或炸醬，也沒有放幾塊肉片，其澆頭乃獨一無二的**磅皮**（pōng-phuê），是以我們都叫磅皮麵。

什麼是磅皮呢？製作這種食材相當**厚工**（kāu-kang，**費工**），得先去批來整付的新鮮豬皮，洗乾淨後用熱水煮開，再用刀子細心地將多餘的肥油刮除，且切成一塊一塊的，置於太陽底下曝曬。

此階段是關鍵，何時曬？曬多久？會決定磅皮是否軟彈可口。

等豬皮曬乾無水分後，再入油鍋炸得香脆，撈起來瀝油放乾，裝成整包的猶如**焦料**（ta-liāu，**乾料**）。

還有一道程序是入滷鍋煮，豬皮飽吸滷汁後更為膨脹，咬下會有爆汁的口感，這樣才合格，否則只是死皮幾塊，就沒有「爆牙」的感覺囉。

民雄老市場這家磅皮麵，會先將油麵伴蔥段與豆芽菜炒熟，暫置於淺鍋內預放著。等客人點菜，再將油麵**搦**（la̍k，**用手捉一捉**）搦咧入碗，舀滷汁連同磅皮淋上，端到攤位前那長條形的吧檯，給客人品嚐。

一口滑溜的麵條，配一塊富含彈性的磅皮，這是我回鄉的固定儀式。

民雄街上販售的傳統早餐如肉包、肉粽、**割包**（kuah-pau，**刈包**）、糯米腸、**筒仔米糕**（tâng-á-bí-ko，**竹筒米糕**）等，很多地方都有，唯磅皮麵在民雄標舉（他處味道遠遜），還衍為三攤，各擅勝場，早中晚熱滾滾等你。台灣的乾麵各式各樣，豬皮的運用更是廣，但於乾麵淋上滷豬皮成為麵攤的主力，且在市街蔚為流行，滋味深厚根著在地人情感的，全台唯民雄獨有。

是以每次回民雄，**好鼻獅**（hó-phīnn-sai，**懂吃的人**）的我，短褲拖鞋的必定去報到，常去的食客老闆早就認識，熱切地打招呼閒話家常。

磅皮麵偏油膩，所以必配湯品：丸子湯，冬瓜排骨湯，**排骨酥**（pâi-kut-soo）湯，甚至風味獨特的苦瓜丸湯，有些地方稱為**苦瓜封**（khóo-kue-hong）。

加粒滷蛋也可，增添風味的選擇有辣椒醬與**蒜茸**（suàn-jiông，**蒜泥**）。而我和鄉親不同的是，由於久久才回鄉一次，總另外加十塊錢分量的磅皮，充分享受那口中的迸裂感。

這就是回鄉的爽快！有母親的家常菜，更有母土的獨特飲食，或許外地人覺得不怎麼樣，但對我這固執的打貓人來說，這就是美味，才是真正的家鄉味。

字詞整理

揀食（kíng-tsia̍h）：挑食、偏食。

手路菜（tshiú-lōo-tshài）：拿手好菜。

挩窗（thuah-thang）：本意為斜視或鬥雞眼。此處為《大士爺厚火氣》主角鄭明窗的綽號。

好喙斗（hó-tshuì-táu）：形容不挑食，什麼都吃。

磅皮（pōng-phuê/phê）：又稱**假魚肚**（ké-hî/hû-tōo）。

厚工（kāu-kang）：費工、費工夫。

焦料（ta-liāu）：指乾燥處理過的食品。

搦（la̍k）：用手捉一捉。緊握、揉捏。

割包（kuah-pau）：刈包。

筒仔米糕（tâng-á-bí-ko）：竹筒米糕。

好鼻獅（hó-phīnn-sai）：嗅覺靈敏的人，引申為知道哪裡好吃的饕客。

排骨酥（pâi-kut-soo）：將小塊排骨醃過之後，再裹粉油炸即成，但通常會再加工煮成羹湯。

苦瓜封（khóo-kue-hong）：將苦瓜切成一段一段的圈狀，去籽，內填絞肉餡料，放入鍋內加水烹調而成。

蒜茸（suàn-jiông/liông）：蒜泥。

類義詞 貪吃、嘴饞。

枵饞（iau-sâi）=**饞食**（sâi-tsia̍h）=**貪食**（tham-tsia̍h）=**枵鬼**（iau-kuí）。

扮裝與身體

美女帥哥照過來！漂亮就是這樣

鄧雨賢作曲的〈望春風〉，儼然台灣的地下國歌。李臨秋所填的詞寫道，一位待字閨中的**娘仔**（niû-á，少女），獨自在燈下盼望著，此時清冷的風吹起，好似看見心儀的**少年家**（siàu-liân-ke，小伙子）……長什麼樣子呢？

果然標致面肉白。

年輕、白皙、又帥氣，套句流行語，小鮮肉是也。若背景雄厚，立刻就升級為高富帥，可說是標準的夢中情人。

無論在學校與公眾場合，電視媒體或歌友會，到處都聽得到〈望春風〉，流行歌版本更是數不清，在台灣可說人人琅琅上口。

然而，仔細來探究，**標致**（phiau-tì）是什麼意思呢？查詢一九三二年出版完成、日本語言學家小川尚義主編的《臺日大辭典》，解釋為「氣質好；豔麗」，男性指**緣投**（iân-tâu，**英俊**），女性形容美麗。在〈望春風〉創作的日治時期，是通行的台語詞，卻因時代與語言之轉變，快進入棺材變成木乃伊了，真可惜。

形容男的帥、女的美，台語當然有時代的用詞更易。台語片盛產的一九五五年至一九七〇年代之間，稱讚女子冶豔漂亮，有個形象生動的詞：**烏貓**（oo-niau，**黑貓**）；相對而言，具備雄性氣質的新潮男子，就是**烏狗**（oo-káu，**黑狗**）。讓人忍不住哼起洪一峰的名曲〈山頂的黑狗兄〉，是如此悠揚，充滿活力啊！

想像一下台語黑白電影的經典畫面：失意的男主角身穿黑西裝、手拿吉他，來到繁華大都市努力打拚，夢想揚名立萬。劇情都為他設計好了，編制完整的大樂隊在西餐廳吹奏，引導**烏狗兄**（oo-káu-hiann）來到舞台中央，深情地引吭高歌。

此時，身穿緊身黑禮服、面容姣好嘴角點顆痣的女子就出現了，來到舞台前深情相望，沒錯，這位就是**烏貓姊仔**（oo-niau-tsí-á），兩人就此譜出一段悲喜交加的戀曲。

人類對美貌的想像，就是一齣嚴重脫離現實的戲劇，甚至倒退千百年回到古代去。

在電視古裝歌仔戲的年代，第一**小生**（sió-sing）楊麗花，無論是扮演書生還是皇帝，不僅有氣勢，更是**飄撇**（phiau-phiat，**瀟灑**），被戲迷瘋狂追逐著。看得入迷時，觀眾好似變成戲中的**小旦**（sió-tuànn），千姿百態，就要與帥氣的皇帝打情罵俏起來囉。

舞台上的**嫣**（ian，**好看**），鏡頭中的美，是透過妝扮與搬演來呈現的，很多時候，僅止於皮膚與衣服表面那薄薄的一層。尤有甚者，身處資訊與人設無所不在的當代社會，現代人不得不加入外貿／貌協會，遇到明星、網美或擦身而過的帥哥美女，眼神與心神總會被吸引個三秒鐘，三秒膠般美的黏著，無時無刻讓你目眩神迷。

如此頻繁的刺激，讓現代人疑惑並不斷質疑：美到底是什麼？有永恆的美嗎？還是那美好的三秒鐘就夠了？不必在意是否永恆？

真正的美，得要有飽滿的**內才**（lāi-tsâi，**內涵**）。與人互動時，真誠有禮不虛妄，才會有好**外才**（guā-tsâi，**交際能力**）。這樣由裡到外的氣質散發，就是最好的**人才**（lâng-tsâi，**儀容**），而不是靠表面的裝飾來掩飾內在的空虛。

然而，這是理想狀態，而理想不存在。

因為，美是種追求，因其不斷變動，真了又假、假久了變成真實，美的形容詞隨著時代不斷變動，再來撩亂美的定義使之再度變動……讓我們在美裡頭迷失了。

深陷迷失與困惑中，有一件事是可以做的，就是把快要成為木乃伊的語詞喚醒，讓「標致」這麼古雅細緻的形容詞，回到台語人的稱讚羨慕中，這才是真正的**媠噹噹**（suí-tang-tang，**非常漂亮**）。

字詞整理

帥哥美女的用詞

娘仔（niû-á）：此處指少女。或指小姐、少婦以及丈夫稱呼妻子。

少年家（siàu-liân-ke）：年輕力壯的小伙子。

烏貓（oo-niau）：時髦的女子。或稱**烏貓姊仔**（oo-niau-tsí/tsé--á）。

烏狗（oo-káu）：形容時髦新潮的男子。或稱**烏狗兄**（oo-káu-hiann）。

小生（sió-sing）：戲劇裡，飾演年輕男子的角色。

小旦（sió-tuànn）：戲劇裡，飾演年輕貌美的女子角色。

外表與氣質的稱讚

標致（phiau/piau-tì）：形容女子美麗或男子英俊。

緣投（iân-tâu）：英俊。

飄撇（phiau-phiat）：瀟灑、帥氣。

嫣（ian）：漂亮、好看。

媠噹噹（suí-tang-tang）：形容非常漂亮。

內涵與外表的用詞

內才（lāi-tsâi）：內涵。一個人的內在修為、學識、才華。

外才（guā-tsâi）：交際能力。口頭表達或待人接物的交際能力。

人才（lâng-tsâi）：外表、儀容。

超正經戀人絮語：當男女戀愛時

煞（sannh，**突然迷戀**），是一種被動的承受，意指兩獨立個體在共有的範疇之內，某一個體無意或有意讓另一個體產生能動性，其媒介可能為香水、眼神或撩撥，內心產生能動性，此稱為有**意思**（ì-sù，**動心**）。

若純粹為個體之單向**思慕**（su-bōo，**愛慕**），於現象世界卻為零，此為單戀。

早期的歷史時間軸，能動個體多為生理男性，因其言語直白、缺乏鋪墊，甚至做出機械時代般缺乏靈光之低階操作，被冠以**槌仔**（thuî-á，**榔頭**），此詞意符與意指可說毫無罅隙，一錘定音。

掃描槌仔顯像之處，多於校園邊緣地帶，高速公路交流道下配色大膽之綠色小物事交易方格，實體或虛擬聊天室。其訊息為誤傳，或刻意強加電波，語言直截刻意，針對性強烈。且不安於隔線內，一次一格，殊難塗滿。

一般而言，無論生理女或生理男，經塑膠模造、電波乳化或虛擬電子人設，其強烈外型造就生理吸引力者，若其為雄性面向，則被定義為**漢草**（hàn-tsháu，**塊頭**）好；若為柔美之雌性，則被定義為**體格**（thé-keh，**身材**）好。

足以讓個體產生能動性之**對象**（tuì-siōng），所謂美麗與醜陋，都能產生動力，全為測不準原理。個體差異懸隔，能否於偶然中產生必然性，於機率的龐大世界中樂透，屬神學問題。若兩個體肯認其關係，談情說愛起來，此人與人的結合，稱為**鬥陣**（tàu-tīn，**在一起**）。

初步關係之結合，原因多為外表與形象，嗣後時間延伸再延伸，個性越形重要。愛情之理則推衍，其在社會結構與感情位置之穩定性，為能動性可否持續之終極核心。

若某一方被列入括號，類似胡賽爾現象學之「懸置」，此為工具現象。

若某一方被打上問號，類似八點檔情節之「爭吵」，此為邏輯性死亡。

若某一方被畫下句點，則不需比喻也不需註釋詮解，此為動物性悲傷。

奅（phānn，**結交**），是一種能動性，意指兩獨立個體在共有的範疇之內，其一個體**佮意**（kah-ì，**喜歡**）另一個體，於內心滋生無可抵擋之熱流，猶如火山噴薄之岩漿，充滿湧出性與破壞性。

此能動性遂從個人意志之單方面趨向，化作表象世界之連續動作，語言學中的單音詞，稱為**逐**（jiok，**追求**）。

早期的歷史時間軸，其能動者通常為生理男性，被動者為生理女性，在此連續追求之過程中，生理男襲受既有之語境，或為展現其雄性優勢，往往將生理女性稱為**姼仔**（tshit-á，**女朋友**），乃透過意符之弱化與薄化，縮短其達至意指之路徑。

在達至意符與意指完全結合之連續動態中，每個行為、言語與物品，都蘊含著若隱似顯的**意愛**（ì-ài，**喜歡**）。罕有順暢者，多為阻塞不通，其曲折與爆裂，乃小說、電影與社會版新聞之恆定主題。

設若個體間肯認關係之連結，便展開眼神、舌頭、性器官與體液之互涉，頻繁者有之，或因現象世界之隔懸而不定期有之，甭說柏拉圖戀愛，此歸於神話學。其持續時間有長有短，台語乃高揚調且帶鼻韻之動詞：**行**（kiânn，

拍拖），一音絕殺。

若需法律與財產之保障，或意向發生暫時性之迷亂，期以契約保障其恆定者，則需進行婚姻之典禮、共居之形式，以幸福之假名行美好之保障，實為現象世界之墳墓歸向。

然而，性別平權時代，其能動者與被動者，生理不限男女，凡能以愛意與真誠結合者，結婚命題有法律確然保障之。

若婚姻關係虛化為假命題，或另一個體解離，對另另或另另另個體產生能動性，眼神、舌頭、性器官與體液歧出，展開多重文本，滋生猜忌與爭吵，兩個體或眾多個體間以咒罵與拳頭互文，形成龐雜難以解開之迴圈。

修復、斷裂或文本重寫，都朝向可能，此為人類感情之量子糾纏。

——原發表於二〇二二年三月《聯合文學》四四九期「編舟計畫」

字詞整理

感覺和感情

意思（ì-sù）：動心的感覺。

思慕（su-bōo）：思念愛慕。

佮意（kah-ì）：中意，喜歡。

意愛（ì-ài）：喜歡、愛慕。

行動與互動

煞（sannh）：渴望、迷戀某人或事物。

奅（phānn）：結交異性朋友。

逐（jiok/liok/giok/lip）：追求。

行（kiânn）：拍拖，比喻為交往。

鬥陣（tàu-tīn）：人與人之間交際往來。或引申為在一起。

名稱與外表

槌仔（thuî-á）：榔頭，槌子，比喻為男朋友，乃戲謔的稱呼。

姼仔（tshit-á）：女朋友、馬子，戲謔的稱呼。

漢草（hàn-tsháu）：身材、塊頭、體格。

體格（thé-keh）：華語所說的**身材**（sin-tsâi）。

對象（tuì-siōng）：指稱戀愛或結婚的另一半。

櫃姐的合身話術：賣服飾有金句

這世間的女女男男開心去逛街，有時不過是想邂逅一件中意的**衫仔褲**（sann-á-khòo，**衣服**），這樣邊逛邊瀏覽精美的櫥窗，巧逢看上眼的**服裝**（hók-tsong，**服飾**）便走進店內。服務接待的店家猶如媒人，見試衣的你輕舞飛揚，就來個順水推舟，巧言稱讚：

你這衣架子。

你這模特兒身材。

賣衣服，其實就是買心，服飾店的頭家或百貨公司的櫃姐，得要揣摩客人的心理，善用話術，在適當的時機見縫插針，順客人的意思「正增強」。

最終目的，當然是讓客人將現金掏出來，信用卡刷下去……不過，在這之前，得先把基礎台語學好，對你的業績絕對有幫助。

穿插（tshīng-tshah，**衣著**），如此貼身的物事，事關一個人的對外形象，首要就是**合軀**（hah-su，**合身**），也就是要穿得合宜，貼身舒適。再來，就是要求**美觀**（bí-kuan，**好看**），要看得順眼，漂漂亮亮的。當然，**重穿**（tiōng-tshīng，**重視穿著**）的人，更要穿出自己的個性與特色。

挑選衣服的時候，**寸尺**（tshùn-tshioh，**尺寸**）要正確，這是櫃姐與客人得反覆琢磨商量的。好的衣服就要有好的**布身**（pòo-sin，**布料**），反應在衣服的售價上，更要看品牌的等級。除非是實用取向或職業需要，大家都希望穿起來時新，魚要鮮衣服要漂亮，若博得親友的稱讚與路人的眼光，就真的很**鮮沢**（tshinn-tshioh，**時髦亮眼**）囉。

總之，最好的結果是站在鏡子面前，由上而下，由下而上，左轉右轉天旋地轉都好好看喔。

說到衣服的風格，直比天上的繁星，令人眼花繚亂。大致來說，有些人就是要**時行**（sî-kiânn，**流行**），新潮跟得上時代，就像蔬菜水果得要**著時**（tio̍h-sî，**合時**）。有人隨便穿穿，**輕可**（khin-khó，**輕鬆**）就好。端莊的仕女，氣派的紳士，出門就是要穿得**擘紮**（pih-tsah，**整齊**），更有造型奇特，五彩斑爛的，明星那般要殺路人眼睛的，真是**花巴哩貓**（hue-pa-li-niau，**很花很亮**）。

阿聰這麼寫，好像很懂的樣子……其實啊，我是一年才買一次衣服的胖異男，每次逛百貨公司就像遊地府，總陷入悲觀無望。常買衣服的妳一讀我的文章，就知道這是紙面虛構，根本不懂買衣穿衣。

在此只好坦白承認，以上以下的論述，都是我從身邊的婆婆媽媽姊姊妹妹田調來的。她們一談起逛街購衣，燦笑如花，直如信用卡一直刷刷刷！

如此七嘴八舌滔滔然，「一句入心」的警句不斷噹噹響。鄉親啊！朋友啊！生意要好，業績狂飆，請背熟以下的「櫃姐金句」：

我賣衫二、三十年，看人袂毋著。

Guá bē sann jī sann tsa̍p nî, khuànn lâng bē m̄ tio̍h.

我衣服賣了二、三十年，不會看走眼的。

你這連試都免試，我一下看就知影是你的衫。

Lí tse liân tshì to bián tshì, guá tsi̍t ē khuànn tō tsai-iánn sī lí ê sann.

你這連試都不用試，我一看就知道是你的衣服。

你的皮膚媠媠，穿這衫會足蔭肉的。

Lí ê phuê-hu suí-suí, tshīng tse sann ē tsiok ìm bah--ê.

你的皮膚真漂亮，穿這衣服更能襯托白皙。

字詞整理

穿著的總稱

衫仔褲（sann-á-khòo）：泛指衣服。

服裝（ho̍k-tsong）：衣服、鞋、帽的總稱。

穿插（tshīng-tshah）：穿著，打扮。又稱**身穿**（sin-tshīng）。

合身與外型

合軀（ha̍h-su）：合身，衣服大小適中。

美觀（bí-kuan）：好看，漂亮。

重穿（tiōng-tshīng）：重視穿著。

輕可（khin-khó）：輕鬆、簡單。

擗紮（pih-tsah）：整齊、正式。

細節與材質

寸尺（tshùn-tshioh）：尺寸。

布身（pòo-sin）：布料的質地。

流行與風格

鮮沢（tshinn-tshioh）：打扮時髦，光鮮亮麗。

時行（sî-kiânn）：流行、時髦。

著時（tio̍h-sî）：符合時宜。相對於**退時**（thè-sî，過時）。

花巴哩貓（hue-pa-li-niau）：圖樣顏色多樣繽紛。

正直正確來防疫：症狀利器動作

簡直比驗孕還緊張。

Covid-19把整顆地球搞得七葷八素的，日子緊張兮兮，像套上枷鎖處處受限制，人類的歷史中，還真是前所未有。

終於也輪到我了……我沒感染肺炎啦！無去予*穢著（uè-tio̍h，感染）。乃為了安全與安心之故，要在家裡頭自主快篩，一步一步照說明書來動作。

檢查包裝上的保存期限為有效之後，首先是洗手，要用肥皂或洗手乳沖出泡沫將手洗得徹底，正確的七字訣是「內外夾攻大力腕」，且擦乾雙手。

接下來，將鋁箔袋撕開，取出長方形的卡匣，將這篩檢的核心放在平坦乾淨的桌面。把裝有萃取液的試管擰開，小心液體不要溢出，牢牢握在手中，最好是立置於包裝盒的凹洞槽。

唉呀，我最怕的事來了：戳鼻子。

雖說病毒不斷變種，甚至沒有症狀，主要來說是會有**發燒**（huat-sio），**咳嗽**（ka-sàu），**流鼻水**（lâu phīnn-tsuí）等症狀。防疫期間尤其是三級警戒，我幾乎是足不出戶，怕的是稍有症狀，整個人就會緊張害怕，以為肺炎來敲門了。

鼓起勇氣，先輕輕擤一下鼻子；將包裝袋撕開，取出採檢刷不要去觸碰尖端的軟墊；將頭向後傾斜約七十度，將軟墊那端戳進某邊的鼻孔，前進約2.5公分，直到遇阻力為止，不要硬施加壓力，且在鼻腔內壁以畫圓方式旋轉五次。

將採檢刷取出，換另一個鼻孔，重複步驟。

步驟確實執行後，我狂打噴嚏，打到流眼淚，用這樣強力的方式，驅除被侵入的恐懼。

檢驗是侵入，**喙罨**（tshuì-om，**口罩**）是保護。按照防疫規定，得確實地將口罩戴好，不隨便觸摸口鼻，戴上護目鏡更為保險。

長期抗戰下來，我們的頭、手、身體，建立了一道確實且嚴謹的防護罩，甚至深入心裡頭，抗拒那微小的進入者。有時甚至分不清，何者是好的？何者是壞的？

第三個步驟就真正要來檢驗了。將採檢刷尖端插入試管中轉動三至五次，靜置至少一分鐘以上，取出時盡量將採檢刷吸附的液體徹底擠出，將滴管牢固地蓋上試劑，擰緊，對卡匣的圓孔，擠三滴。

一翻兩瞪眼的時刻到了，只見那液體滲開，進入CT的領域，也是我個人防疫成果的期中考……註

防疫期間，家裡頭充分備好口罩、**酒精**（tsiú-tsing），**度針**（tōo-tsiam，**溫度計**）三利器。若到外頭的超商、店家、餐廳，就是進行三步驟：實聯制、**磅**（pōng）體溫、**澍**（tshū）酒精，這三動作一道都不能少，跟其他人要保持1.5公尺以上的社交距離，最重要的是：**喙罨愛掛**（kuà，**戴**）**予好**。

每一道微小的動作都足以改變你的人生。

真的開始改變了，只見混雜鼻涕的測試液慢慢暈開，越過C與T的界線，小小的測試區都溼濡了，C的那一條浮現了，慢慢地變色，越來越清晰，而T那條線……幸好沒有任何變化。然而，這一切都要靜置十五分鐘左右，才是最終的判定。

就在此時，我想起卡繆在《瘟疫》這本經典小說所寫：

對抗瘟疫的唯一方法就是正直。

這是種精神上的鼓勵，更是心理上的**定著**（tiānn-tio̍h，**穩重**），面對狡詐瘋狂的病毒，我們的內心狂舞著害怕、慌亂、不必要的幻想，幻想自己也染疫，連累家人與我共處的人們，更害怕死亡來敲門。

十五分鐘過後，我過關了，沒被感染，妥善地把測試工具處理掉。

雖說這是暫時的，快篩不是百分百準確，對抗這場世紀疾病與人類更多的災難，還有很長的路。

正直，**規矩**（kui-kí，**守規矩**），更要正確的防疫動作，才是抵抗恐懼面對瘟疫的最佳防護罩。

註：不同廠牌的快篩方式略有差異，此篇文章乃根據FORA的說明書而書寫，特此說明。

字詞整理

主要症狀

發燒（huat-sio）：因生病而造成身體發熱。

咳嗽（ka-sàu）：又稱**起嗽**（khí-sàu）。

流鼻水（lâu phīnn-tsuí）：流鼻涕。

防疫利器

喙罨（tshuì-om/am）：口罩。

酒精（tsiú-tsing）：酒精。

度針（tōo-tsiam）：溫度計。又稱**磅針**（pōng-tsiam）。

防疫動作

磅（pōng）：測量體溫。此動作或可用**度**（tōo）、**量**（niû）、**測**（tshik）。

漖（tshū）：噴濺。或可用**濺**（tsuānn）、**噴**（phùn）、**浡**（phū）。

掛（kuà）：配戴。例：**掛喙罨**（kuà tshuì-om，戴口罩）。

防疫態度

定著（tiānn-tio̍h）：穩重，不慌張。

規矩（kui-kí/kú）：守規矩。或形容人端正老實。

類義詞 感染。

穢著（uè--tio̍h）＝**過著**（kuè/kè--tio̍h）＝**染著**（jiám/liám--tio̍h）＝**感著**（kám--tio̍h）＝**玷著**（tòo--tio̍h）。

坦然健全性教育：不害羞的器官

Lān-tsiáu，一大早乍聞小女兒發出此音，我和太太都很驚訝，她怎麼會隨口說**羼鳥**（lān-tsiáu，**陰莖**）？

姊姊很「難叫」啦！

母語家庭的我們，對話多少會摻雜華語詞，有時難免搞混。原來，小女兒是說姊姊賴床，很「難叫」起床啦！

我和太太不禁發噱，同時也適當來教育，叮嚀說性器官的相關用詞，凡出了家門，講的時候要特別小心，否則會引發誤解，產生不好的聯想。

不只是台語，幾乎所有的語言都這樣，用性器官來咒罵或開玩笑，這是語言的敏感地帶。

我想起一件往事，那時剛進入青春期，有次洗完澡光溜溜步出浴室，我爸趁機教我男性私處各部位說法：那兩粒睪丸叫做**羼核**（lān-hu̍t），包覆其上的陰囊叫做**羼脬**（lān-pha），叢聚的陰毛叫做**羼蔓**（lān-muā），而用來屌的那根就是**羼鳥**（lān-tsiáu）。

這是我記憶中唯一的親子性教育。

從此之後，我正式進入羞澀、憂鬱的青春期，親子之間多是避而不談。我對異性與性的觀念，多來自漫畫與報紙，要不就是色情片，最大宗的當然是同儕的玩笑與傳聞。對於我這個年代與之前所有年代的男子來說，性知識來源多是地下化與神祕隱晦，對於**拍手銃**（phah-tshiú-tshìng，**自慰**），有很強烈的罪惡感。

此非合理正常的現象，過往的社會對於性總是打入禁忌，卻對女男平權與身體之尊重，沒有大太改善，反而增加誤解與衝突。

與其扭曲黑暗，不如坦然面對。

女孩的性教育，就由媽媽來教導，用平常心來認識「女性自身」。相對於男性，女性的**奶仔**（ling-á，**乳房**），隨著性成熟而發育，散發性的吸引力，懷孕時用來哺乳。青春期的女性，**奶頭**（ling-thâu，**乳頭**）會越來越明顯，所以要穿上護胸與胸罩，這有各種的考量，至少在台灣是這樣做的。

而女性的私處，叫做**膣屄**（tsi-bai，**女性陰部**）。很可惜的，在台語的社會脈絡中往往用來羞辱人，過於輕佻與不潔。殊不知其原本的用詞，就純粹是身體器官而已。

新時代台灣的學校，對於性與性別教育，已有完善的課程與規畫，孩子在老師的導引下，可以有比較完整與適當的認識。而男女或是同性結合，都是一件愉悅的事，在雙方認可與同意的情況下，就會進行性行為，台語委婉的是說**睏**（khùn，**性行為**），比較大膽直接的，就說**相姦**（sio-kàn，**性交**）。

關於性、性別、性行為，這是人類社會相當複雜，也是人人都會遇到的，需要周詳的認識。但對青春期的孩子來說，無論是男是女，在性的愉悅、困擾與追尋的過程中，一定要保護自己。

剛開始多是**跤來手來**（kha-lâi-tshiú-lâi，**毛手毛腳**），這時就要嚴格防備與厲聲喝止，這是對身體有不適當的距離與接觸；若更誇張的，叫做**狗鯊**（káu-sua），這樣的性騷擾，有口語上，甚至到身體與性器官的不當侵入，已經非常嚴重了。若**䟴踏**（thún-ta̍h，**蹧躂**），這是無法容許的，已是法律要介入的狀況。

台語的相關用詞，就像性的禁忌一樣，往往歸於黑暗與地下，是以用詞相當混亂，分類也不明，我舉的都是比較簡要基本的。從孩子到成人的性教育，是一場漫長的認識與探索，不是三言兩語可道盡的。

但至少，可藉由藝術來導引，就像日治時期首位入選日本帝展的台灣人：黃土水，其經典作品〈甘露水〉，是台灣史第一座現代的***赤身**（tshiah-sin，**裸體**）雕像。這座雕像消失四十七年，在其創作完成百年後傳奇出土，經細心修復，在北師美術館光耀展出。

猶如維納斯的誕生，甘露水姊姊從蚌殼中走出來，彷彿是光的閃爍，絲毫不顯羞愧，是藝術的無比美好與永恆象徵。

坦然且健全地來認識性，享受身體的美好，這是藝術教導我們的，我們的教育當如是。

字詞整理

生理男性器官

羼鳥（lān-tsiáu）：陰莖、陽具。 **羼核**（lān-hu̍t）：睪丸。

羼脬（lān-pha）：陰囊。 **羼毛**（lān-muā）：男性陰毛。

生理女性器官

奶仔（ling/ni/lin-á）：乳房。

奶頭（ling/ni/lin-thâu）：乳頭。

膣屄（tsi-bai）：女子的外生殖器官。

性行為

拍手銃（phah-tshiú-tshìng）：男性手淫、自慰。

睏（khùn）：男女同榻而眠，表示發生過性行為。

相姦（sio-kàn）：性交、交媾。

性騷擾

跤來手來（kha-lâi-tshiú-lâi）：毛手毛腳、動手動腳。

狗鯊（káu-sua）：向女性講性騷擾的話。或不當性騷擾。

踐踏（thún-ta̍h）：蹧躂，凌辱，踐踏。引申為強暴。

類義詞 裸體，裸身。

赤身（tshiah-sin）＝**露體**（lōo-thé）＝**褪光光**（thǹg-kng-kng）＝**褪裼裼**（thǹg-theh-theh）＝**赤身露體**。

家居與清理

裝潢進程與訣竅：室內設計奇葩

炎炎夏日，最最害怕的事，莫非冷氣壞掉，關在家裡烤全雞——聞知朋友發生慘案，我未雨綢繆，在寒流來襲那天，打電話預約專業公司來洗冷氣。

我可沒邏輯混亂，等到入夏再整理冷氣，會成為枯等的溫泉蛋。冬日洗冷氣非常好敲時間，很幸運的，**師傅**（sai-hū，**專業匠師**）上門那天，溫煦的冬陽照耀。

一看以為是**師仔**（sai-á，**學徒**），因為年紀都很輕，原來此新行業新服務，不似傳統技藝得用三年四個月來**牽師仔**（khan sai-á，**授徒**），而是建構了訓練體系與標準流程，年輕人很快就可以**出師**（tshut-sai，**獨當一面**）。

向來我就愛和師傅聊天，他說冷氣的問題大同小異，不外乎機體內部累積灰塵或發霉，影響冷卻效能。比較誇張的案例是：排水孔卡了隻死老鼠，漏水之餘，還滴下屍臭味。

當然遇過室內設計奇葩，將冷氣裝設在衣櫥內，令人大惑不解……難道是關門扇可將衣物除溼，打開後可讓全室涼爽？

此為除溼冷氣兩相宜，一兼二顧的設計？

再問，是否有冷氣裝設在天高皇帝遠的位置，以致無法維修？

師傅反射動作般回說「沒有」，因台灣大部分的**成格**（tshiânn-kik，**裝潢**），第一個決定的位置，就是冷氣孔。

我回想起我的裝潢初體驗。

當初沒找室內設計師，而是跟資歷深厚的*木工**（ba̍k-khang，**木工師父**）邊協調邊設計邊施作，等於是邊做邊學，過程很驚險，卻讓我這個書呆子對裝潢產生了濃厚興趣。

因為是二手屋，首要之務就是**拆除**（thiah-tû），這是最殘暴也是最混亂的階段，屋況的優缺點與結構畢現。我走在彷若爆炸現場的工地，沒發現前屋主遺落的私寶，倒是從拆除工的口中，得知傳統屋宅會在風水處埋藏金子，這種東西很陰，便直接歸還屋主。意外的是，拆除工曾在夾層掏出一疊美金，可能是私房錢忘記了，便收下不語。

將拆除的廢棄物運走後，再來要多線機動協調並進，**塗水**（thôo-tsuí，**泥水工事**）是要將地板、牆面或樑柱補強與敷平，若要更動隔間還得拆牆與砌牆。在這之前，得全盤規畫好**水電**（tsuí-tiān），以總電源為核心，電線要如何拉往各插座與電燈，網路與有線電視線路鋪設，水管、排水管、糞管之暢通，若要更換，工期就得拉長。

就如之前所說的，冷氣孔位置要預留好，還有借光通風的門窗，**門斗**（mn̂g-táu，**門框**）和**窗仔框**（thang-á-khing，**窗框**）都要預設好，什麼規格與型制？往左開？往右開？是幾何與邏輯的問題，看似簡單，若搞錯位置與方向，最慘狀況是拆掉重來。

以上大致完工後，接下來進入耗時最長的木工，現在許多家庭選擇科學化的系統家具，我則是耐心地和木工師父不斷磋商討論，他教我一個原則：要從上而下，也就是依序從**天篷**（thian-pông，**天花板**）、櫥櫃與飾板、做到地板，這期間要決定是原木還是合成料，若貼皮要用什麼顏色與材質，以及整體空間佈置、風格與花樣等等。這是裝潢最細膩也最貼近居住感的關鍵，也是跟工班摩擦出火花的衝突最高潮（我脾氣很好沒有啦）。

當然，廚房與浴室的規畫及裝設，又是裝潢此大母題之下的重要子題。最後的步驟是**油漆**（iû-tshat），雖是薄薄一層，若要美觀、健康、長久，可要經過補土與多次的噴塗上漆，層疊了許多隱而未顯的細膩工夫——就像室內裝潢，有時看似好像沒做什麼，其實是屋主、設計師、師傅多方的衝突協調下，最後歸於天下太平的舒適漂亮。

字詞整理

職人與訓練

師傅（sai-hū）：稱懷有專門技藝的人。

師仔（sai-á）：門生、學徒。指跟從師傅學習的人。又稱**徒弟**（tôo-tē）。

牽師仔（khan sai-á）：授徒，帶徒弟。

出師（tshut-sai）：學徒學藝完成，具備師傅的資格。

工程與部件

成格（tshiânn-kik/keh）：**裝潢**（tsong-hông），室內的設計或擺設。

拆除（thiah-tû）：拆掉及清理原有物件。

塗水（thôo-tsuí）：指泥水匠所做的砌磚蓋瓦等事。

水電（tsuí-tiān）：指有關水管、電線管路配線的工作。

門斗（mn̂g-táu）：門框。

窗仔框（thang-á-khing）：窗戶的外框。

天篷（thian-pông）：天花板。

油漆（iû-tshat）：牆面的塗佈與上漆。

類義詞 木工師父。

木工（ba̍k-khang）＝**木匠**（ba̍k-tshiūnn）＝**木師**（ba̍k-sai）＝**敆作**（kap-tsoh）＝**做木的**（tsò/tsuè-ba̍k--ê）。

選買家具有步驟：書呆子佈陣法

因空缺，才感知其存在。

那時新家剛裝潢好，太太剛生第二胎得專心做月子。在她從月子中心搬來新家之前，我得要獨力去選購家具，用家居的完整機能來補足這間**空殼厝**（khang-khak-tshù，**空屋**）。

我這位書呆子，平日勤於讀書不太懂得買東西，突然擁有完全的經費與決定權，要在最短時間內佈置家居。

就運用那少少的生活能力，用研究生的精神，擬定戰鬥計畫。

一經研究才發現，選購家具的關鍵在於：功能、尺寸、品牌。

先捉大放小，決定大型家具的規格與位置：臥室當然是**膨床**（phòng-tshn̂g，**彈簧床**），有單人或雙人甚至要加大，不僅體積最大，其預算往往是家具中占最多的。內裝彈簧或伸縮筒我認為是其次，重點是軟硬度與主人的身體是否勻和，否則睡得腰痠背痛、夜不成眠的，品牌再怎麼名貴皆枉然。

臥室內的大型家具還有**衫仔櫥**（sann-á-tû，**衣櫃**），講究點的還升格為衣物間。**鏡台**（kiànn-tâi，**梳妝台**）的瓶瓶罐罐難以細數，這是太太的轄區，一定要給她親自決定。

走出主臥室，來看看**灶跤**（tsàu-kha，**廚房**），瓦斯爐、抽油煙機、水槽、流理台早在裝潢時就安設好。主角儼然是**冰箱**（ping-siunn），越大裝越多越好，卻怕廚房空間不夠：是要單側還是雙開門？冷藏室在上在下？靜音與省電已是必要配備。

對我來說，只有一個小小的要求，製冰機要快且方便取用，這樣喝威士忌時隨時有冰水混融，不會傷喉，氣味就會盈溢層次。

在廚房與客廳的接壤，現代家庭都想要一座「中島」，其吸睛程度更甚於**食飯桌**（tsia̍h-pn̄g-toh，**飯桌**）。美其名是預置煮好的餐點，其實是種放鬆瀟灑的姿態，手臂可以擱放著、邊喝氣泡水邊與來訪的親友聊天，簡直是拍廣告。

一家人相聚的主空間，通常是客廳，坪數往往最大，融合多樣功能與無限雜物，有餘裕的家庭會分為給自家人和對外人的內外客廳（豪華啊）。但要展現氣度，顯示主人的身分地位，視覺中心當然是膨椅（phòng-í，沙發）。

對我而言，這件家具最難選，可說是集合了一家人所有的考慮與功能。不知會不會買貴？要全皮或布面？是木架或鋼構？其顏色、樣式、品牌，更恐怖的是價錢，那真是天差地別，是以有句俗語：

膨床，膨椅，膨風（phòng-hong，吹牛）。

意思是這兩樣家具的玄機太深，一般民眾不容易確知其真正行情，不小心就買貴了，被當作凱子敲竹槓，成為盼仔（phàn-á，傻瓜）——這也是買家具最折磨人的地方，想買理想的組件，找不到信實的店家，朋友介紹的不合品味，夢幻的逸品根本不合用。

好貴！好假！好難買！

所以多方探聽，網路比價，才不會吃虧。去訂購**窗仔簾**（thang-á-lî，**窗簾**），猶豫半透或不透光？裡層要不要裝紗簾？是羅馬簾或橫拉的？軌道的類型與裝設？最掙扎的是整體的布料、顏色、花樣……此外還有電器電腦、盥洗清潔用具、書桌椅臥室椅嬰兒椅各種椅子，以及太太最重視的**洗衫機**（sé-sann-ki，**洗衣機**）。

好了好了，經太太首肯同意，全都買了，全都到齊了，新居入厝，狂邀親戚朋友來踩踏熱鬧，這是台灣人的習俗，沖沖喜氣。從裝潢設計到家具搭配，全是阿聰我一手包辦，帶著親友邊看邊介紹，得意得很。

但到最後，所有人全都問同一個問題：電視咧？

是的，和太太早商議好，不要讓孩子受到誇張新聞與不良資訊的影響，生活比較清靜，是以不買電視。

如此這般的理由，很快就被戳破。

親朋好友都知道，此位男主人是徹頭徹尾的書呆子，電視櫃與展示櫃的牆面變成*冊櫥（tsheh-tû，**書架**），被滿坑滿谷的書占得滿滿滿。

字詞整理

空殼厝（khang-khak-tshù）：只有外殼，未經裝潢、沒有家具的房子。或指空屋。無人居住的屋子。

膨床（phòng-tshn̂g）：彈簧床。

衫仔櫥（sann-á-tû）：衣櫥、衣櫃。又稱 **thang51 su11**，源自日語**簞笥**（たんす）。

鏡台（kiànn-tâi）：即**梳妝台**（se-tsng-tâi）。裝有鏡子和抽屜的櫃台，可供梳理、化妝用。

灶跤（tsàu-kha）：廚房。

冰箱（ping-siunn）：又稱**冰櫥**（ping-tû）。

食飯桌（tsia̍h-pn̄g-toh）：飯桌。

膨椅（phòng-í）：沙發、沙發椅。

膨風（phòng-hong）：吹牛。

盼仔（phàn-á）：笨蛋、傻瓜。

窗仔簾（thang-á-lî）：窗簾。或從日語的カーテン，轉換成台語說法 **kha33 tian51**。

洗衫機（sé-sann-ki）：**洗衣機**（sé-i-ki）。

類義詞 書架，書櫃。

冊櫥（tsheh-tû）=**書櫥**（tsu-tû）=**冊架仔**（tsheh-kè-á）=**書架仔**（tsu-kè-á）。

浴室廁所三三三：時機動作設備

我家孩子真調皮，**洗身軀**（sé-sin-khu，**洗潔**）後，在沾滿水霧的鏡面留下塗鴉，我走進**浴間仔**（ik-king-á，**浴室**），看到她用手指畫下的可愛圖案：圓圓的包子有一對眼睛和一雙腳，頭上插了三根毛，自天外，飛來一枚問號。

我的頭上也冒出了驚嘆號。

是三根毛啊！插中我思考浴廁盥洗的「三三三」原則，是應該寫篇文章來介紹介紹。

第一個「三」，是人在家中有三個「時段」會走進浴廁。

早上起來，要先**洗喙**（sé-tshuì，**刷牙**），**漉喙**（lók-tshuì，**漱口**），**洗面**（sé-bīn，**洗臉**），這是現代國民的基本盥洗「動作」，是第二個「三」。

有沒有發現，刷牙的基本工具，也有「三」樣：**齒抿仔**（khí-bín-á，**牙刷**），**齒膏**（khí-ko，**牙膏**），**齒杯**（khí-pue，**漱口杯**）。

猶記得孩子學刷牙的漫長歷程，先是大人幫忙刷洗，還要不斷播放幼教影片來導引，軟硬兼施來教導正確刷牙方式。漸長漸大終於可以自己來了，我竟聽到孩子喃喃自語說：「這個叔叔蓋奇怪，戴帽帽。」

忍不住好奇去問，原來是黑人牙膏那位笑嘻嘻的戴帽紳士。

也就是，第一個「三三三」，是由時機、動作、器具所構成的，我都這樣來教導小朋友，用數字來歸納並化成口訣，好記又不會跳針。

第二個時段，就是去**便所**（piān-sóo，**廁所**）。

現代的家居空間多為浴廁共用，將自己關在這私密的空間，**放尿**（pàng-jiō，**尿尿**），**放屎**（pàng-sái，**大便**），還有不一定專屬此空間的**放屁**（pàng-phuì）。在廁所處理排泄問題，邊看書或邊打電動，有時兼顧躲避與紓壓之功能。

若要裝置或更換廁所配備，廠商拿出精美的全彩圖錄，你要挑選的也是三大樣：馬桶、臉盆、鏡子。

大部分的人在晚間洗澡沐浴，這是走進浴廁空間的第三個時段，就我的成長經驗，最初是端來**面桶**（bīn-tháng，**臉盆**），然後打開**水道頭**（tsuí-tō-thâu，**水龍頭**），放冷熱水調成適當的溫水，同時用勺子稍稍沖洗身體，拿**雪文**（sap-bûn，**肥皂**）塗抹身體，滑潤起泡沫，最後大把大把舀水將全身沖洗乾淨。

我成長的一九八〇年代，雖然仍是簡陋，比起老一輩的要去挑柴燒熱水好多了，台灣家庭的衛生條件與設施越來越完善。那時，家裡頭設了個新玩意兒，是那種用水泥敷基座、上頭貼彩色小圓石的浴槽，媽媽會買來沐浴香粉「巴斯克林」，讓我在黃澄澄的熱水中邊玩邊聞香味呢。

沐浴的設備進化漸趨完善，若空間足夠，蓮蓬頭、水龍頭、浴缸就是三合一的標準配備。

洗澡的時候，也是三合一，洗髮乳、洗面乳、沐浴乳的連續過程讓全身乾乾淨淨香噴噴。

就是這樣，三個時段，設備工具是三，動作進程也是三，這樣三三三構成盥洗沐浴的九宮格，每天每天不自覺地集滿連線，構成現代文明人的潔淨日子。

我這樣描述，當然有簡化之嫌，不夠全面，就像我女兒的塗鴉，是潦草的有趣提點。還有更多的三部曲：毛巾，浴巾，頭巾……吹風機，棉花棒，指甲剪……

更不要說有人早上才洗澡，或一進廁所就像掉進黑洞，亂搞亂搞廁所變成垃圾場。更有人每次洗澡都要洗很久很久，也不知道在搞什麼，猛敲門叫他快點還在那兒悠閒地唱著歌兒……

字詞整理

浴室廁所

洗身軀（sé/sué-sin-khu）：又稱**洗浴**（sé/sué-i̍k）。

浴間仔（i̍k-king-á）：又稱**洗身軀間**（sé/sué-sin-khu-king）。

便所（piān-sóo）：廁所。

刷牙洗臉

洗喙（sé/sué-tshuì）：刷牙。

漉喙（lo̍k-tshuì）：漱口。

洗面（sé/sué-bīn）：洗臉。

刷牙工具

齒抿仔（khí-bín-á）：牙刷。

齒膏（khí-ko）：牙膏。

齒杯（khí-pue）：漱口杯、牙杯。

排泄方式

放尿（pàng-jiō/liō/giō）：尿尿。

放屎（pàng-sái）：大便、排泄糞便。

放屁（pàng-phuì）：肛門洩出臭氣。

設施用具

面桶（bīn-tháng）：臉盆。又稱**面盆**（bīn-phûn）。

水道頭（tsuí-tō-thâu）：水龍頭。**雪文**（sap-bûn）：肥皂。

灰塵精靈抓起來：動漫風大掃除

人總是樂於獲得，懶得整理，關於斷捨離，我認為不難，難在於面對自己，翻出隱密角落的**垃圾**（lah-sap，**污穢**），花許多許多時間來清理。

我話說得很哲學，好像很有道理，在我女兒的耳中聽來，就是囉唆打高空……嗯，其實是舊曆年要到了，得舉行一年一度的大**摒掃**（piànn-sàu，**掃除**）。

雖說太太日日勤於打掃，小家庭的公寓空間還算**清氣**（tshing-khì，**乾淨**），不過那僅止於經常使用的表面，若細查那很少使用、不容易清理的地方，才是麻煩中之麻煩，連我這種以整理為癖的A型男，都不想面對。

還是得面對，把暗藏各處角落與陰暗面的**垃儳**（lâ-sâm，**骯髒**），翻找出來，就開始行動吧！讀小學的女兒已具備清掃之能力，但缺乏自動自發的精神，我這老爸低聲下氣拜託也沒用。

那就使出卑鄙的招數，說我們若不好好清掃家裡，就會越來越**癩膏**（thái-ko，**噁心**），變成一隻怪獸，趁你睡覺時爬上枕頭，把你吃掉。

女兒們表情漠然。

虎姑婆式的恐嚇手法，早就沒有用。新時代的孩子衣食無缺，資訊量爆炸，可說是「見多識廣」，故事怪獸根本無效。

而且，小朋友出生時裝潢也換新，我就把牆壁全部漆成白色，不是要搞極簡風，而是當作白板，放任孩子在上頭畫圖、黏貼、寫字，發揮想像力與創造力，連其他家的大小朋友也來塗鴉，家裡頭的壁面變得**驚人**（kiann-lâng，**髒亂**）。

用負面的手法恐嚇，看來是無效；轉個念頭，從正面的趣味來導引。

就在這時，那人人都聽過的悅耳清新的《龍貓》配樂響起，大樹倏然拔高朝天，電線桿上有龍貓公車跳芭蕾，我腦中就浮現動畫的開頭：載滿車的家具雜物行駛在鄉間小路，開進擁有廣大庭園的寧靜木屋。

一開始，孩子稱做鬼屋，因荒廢許久，非常**腌臢**（a-tsa，**骯髒**），爸爸就帶領兩位可愛的女兒清掃，我也學著說：你看我們家有 Makkuro kurosuke，快把灰塵精靈抓起來，台語就叫做*__坱埃__（ing-ia，**灰塵**）。

看爸爸如此有朝氣，塗上動漫的繽紛色彩，女兒終於被打動，隨即展開清掃活動（其實是媽媽獅子吼）。

動畫裡那棟別墅位於鄉間大自然，潮溼的屋角上**青苔**（tshenn-thî，**苔蘚**），雜物間與倉庫的物品放久了，**生菇**（senn-koo，**發霉**）。煮飯要用大灶塞柴火來燒，黑煙不斷冒出來，久而久之在鍋底、煙囪、屋頂，燻出了**煙黗**（ian-thûn，**煙垢**）。

我家住的都市公寓比較輕省簡單，兩女就是擦拭平台積塵，清理清理衣櫃抽屜使之清爽有序，窗戶與天花板具危險性，交給大人來。

現代家居最頑劣最難對付的，除了漏水壁癌，就是頑垢：廚房的油煙污膩累積的**油垢**（iû-káu，**油污**），以及廁所長期的噴濺累積形成的**尿滓**（jiō-tái，**尿垢**），得使用強力又不傷表面更不傷健康的清潔劑，還得反覆地用力擦刮刷洗，有時還清不掉，煩惱咧！

頑垢般的煩惱交給大人就好，孩子的童年天真自在最好，小小的任務完成，乾脆再來溫習《龍貓》，邊吃零食邊聽久石讓的配樂，走進了鄉間，走進了明亮。

剛開始，那純真的童眸還不知道會看到什麼，肥圓赤裸的腳掌不知會踏入何等境地。就隨著影片的流轉，遇見不可思議的生物，經歷一段悲喜的歷程。

灰塵精靈咧？

全家大小勤奮清掃，它跳著跳著跑去其他地方了⋯⋯等我們懶惰時，就又會跳回來，Makkuro kurosuke。

字詞整理

清理清潔

摒掃（piànn-sàu）：打掃。清潔、掃除清理。

清氣（tshing-khì）：乾淨、清潔。

骯髒的五種說法

垃圾（lah-sap）：骯髒。污穢、不乾淨。

垃儳（lâ-sâm）：骯髒。

癩瘍（thái-ko）：骯髒噁心。

驚人（kiann-lâng）：骯髒不堪。不同於發輕聲的**驚人**（kiann--lâng，嚇人）。

腌臢（a-tsa）：骯髒。

待清除的不潔物

青苔（tshenn/tshinn-thî/tî）：青綠色的苔蘚。

生菇（senn/sinn-koo）：發霉。又稱**臭殕**（tshàu-phú）。

煙黗（ian-thûn）：煙垢。由煙氣凝結而成的污垢。

油垢（iû-káu）：附著在物體表面的油污髒垢。

尿滓（jiō/liō/giō-tái）：尿的沉澱物。

類義詞 灰塵，塵埃。

坱埃（ing-ia）＝**塗粉**（thôo-hún）＝**塗沙**（thôo-sua）＝**塗沙粉**（thôo-sua-hún）＝**塵埃**（tîn-ai）。

家居生活小剪輯：擦拭各種動詞

颱風來襲，全家四人在家固守，女兒寫功課看影片，太太關心氣象新聞，跟我說這颱風懼怕護國神山，也就是我們台灣的中央山脈，竟乖乖地沿著東海岸而行，不敢登陸，她照著新聞標題唸出：**擦**（tshat）**過台灣**。

我的台語雷達隨即響起，糾正她說台語的「擦」，意思是擦拭附著其上的事物，或是透過摩擦點燃火柴的意思。就此情形，描述颱風輕輕擦過台灣，比較準確的說法是：**揮**（huê）**過台灣**。

時間在走。

外頭的雨時大時小，風一陣狂捲敲擊窗戶，也敲響了我的心思，跟太太說每到夏天，我身上的汗斑就會在冒汗處蔓延。以往買藥膏回來，只在洗澡後塗抹患部，無法將皮膚表面之不雅全數殲滅。其實，藥師已多次提醒我，最好早晚各塗一次，於是我就確實執行，持續個把禮拜，汗斑就不知躲到哪裡去囉。

我跟太太炫耀，說事情只要做得徹底、捉到訣竅，也就是努力**拭**（tshit）**藥膏**，癥結自然會解開。沒想到，換太太糾正我，拭是去除掉，藥膏是用**抹**（buah），我是作家還寫台文咧，怎麼會犯這種「低級錯誤」。

時間靜靜地走。

太太忙於家務，拿起抹布從廚房擦到飯桌然後到中島時，我丟了一句：「**有拭矣啦**。」太太隨即回嘴說：「**是抹啦**！」她誤會我了，是剛才我隨手將中島擦乾淨，不是抹藥膏囉。

時間在客廳靜靜地走。

忙完家事後，太太轉頭問女兒們：「**恁塗跤拭過矣未**？」我的台語雷達再度響起，換太太犯了「高級錯誤」。女兒是將抹布沾溼擰乾，跪在地上來回擦拭地板，這樣的動作，台語精確的說，是**揉**（jiû）**塗跤**。

我不敢出口糾正，只在心裡頭盤整語詞——廣泛地說，要掃除地面的雜物，台語說**摒**（piànn）**塗跤**，或說**清**（tshing）**塗跤**，都是打掃清理的動作。若拿著拖把或好神拖，那是**攄**（lu）**塗跤**；若污垢累積甚至黏住了，得多用點力刮除，那就是**鑢**（lù）**塗跤**。

時間靜靜地在客廳走過。

不敢再糾正太太，做家事很辛苦的，我還是少說話。那天她攤開手掌跟我說，家事做得太累，**鑢破皮**，我心中卻跳出另一個字彙：**礪**（lè）**破皮**，當然要顯露出關心不捨的表情，執子之手說：**擦**（tshè）**破皮**？

時間的腳步靜靜地在客廳走過。

風雨仍在外頭張狂，大女兒從書桌跳下來說，找不到**拊仔**（hú-á，**橡皮擦**），這是太太教她們的話，我說書房的抽屜有**拭仔**（tshit-á，**橡皮擦**），拿我的來用。

此時小女兒笑了，說媽媽和爸爸的橡皮擦總是不一樣。我回說，是習慣用詞不同，都可以用來擦除錯誤，而且動詞一樣，都是**拭**。

小女兒就又開始鬼靈精怪了，舉一反三說**拭尻川**（tshit kha-tshng，**擦屁股**），我立刻回以**拭烏枋**（tshit oo-pang，**擦黑板**），絲毫不讓。

那擦身而過呢？小女兒就是會趁我不備，來個腦筋急轉彎。

那還不簡單，我趕緊上網查教育部的台語辭典，喔！有**相閃身**（sio-siám-sin）、**相出路**（sio-tshut-lōo）等說法，還按下箭頭放出電子發音，很炫吧！

時間在客廳熱鬧了起來。

好似應和著外頭的狂風暴雨，女兒們大喊爸爸犯規，偷偷去查辭典，這樣不公平，應該要罰做家事，負責擦地板……看是要**揉**？**摒**？**清**？**攄**？**鑢**？

犯規無分高級低級，只要是不對的事，就要以功代過，女兒在爸爸身上亂滾，要將錯誤好好地**擦**和**拭**。

在玩樂歡鬧中忘懷了時間。

字詞整理

擦（tshat）：擦拭。例：**擦皮鞋**。

掴（huê）：輕輕擦過。例：**掴手機仔**。

拭（tshit）：抹擦，去除。例：**拭尻川，拭烏枋**。

抹（buah）：塗抹。例：**抹藥膏**。

揉（jiû/liû）：用溼的布巾擦拭。例：**揉塗跤**。

摒（piànn）：打掃，清理。例：**摒塗跤**。

清（tshing）：使乾淨。例：**清塗跤**。

攄（lu）：推的動作。例：**攄塗跤**。

鑢（lù）：刷洗，刮洗。例：**鑢塗跤**。

礪（lè）：摩擦。例：**礪破皮**。

擦（tshè/tshuè）：刷洗，摩擦。例：**擦破皮**。

拊仔（hú-á）：橡皮擦。例：**拭拊仔**。

拭仔（tshit-á）：橡皮擦。例：**拭拭仔**。

拭尻川（tshit kha-tshng）：擦屁股。

拭烏枋（tshit oo-pang）：擦黑板。

相閃身（sio-siám-sin）：擦身而過。

相出路（sio-tshut-lōo）：錯身而過。

流通與溝通

交通工具大集合：北車這座迷宮

每次每次，爸媽打電話給我，說要**坐車**（tsē-tshia，**搭車**）從南部來台北，我都會陷入極度緊張，每每上演「苦兒奔跑記」。

第一次，我叮嚀爸媽，高鐵到台北站下車後，千萬不要上地面層，而是直接在地下層**盤車**（puânn-tshia，**轉車**），往捷運方向出高鐵閘門，我人就在出口迎接。

沒想到，爸媽打電話來，說出了閘口沒看到我啊！台北捷運在哪裡？該不會是長途奔波**眩車**（hîn-tshia，**暈車**）？

七嘴八舌確認了半天，原來原來，我忽略整座台北車站地下分好幾層。爸媽說他們跟著人群擠著擠著，就出高鐵站了，指引牌寫著西出口。

不要動！勒令爸媽站在原地，我人拔腿就從東北角的Ｂ3、連爬幾十階樓梯到Ｂ1、且繞過台鐵與高鐵售票處、快奔到西南角、終於與父母團圓（比百米測驗還喘）。

沒多久，爸媽再度上台北，抵達台北站前我電話一再提醒，下車後直接從**月台**（gua̍t-tâi）搭手扶梯往上，到Ｂ1西出口，就是上次走錯的西出口！我們直接搭計程車離開這座迷宮。

當廣播說列車已經到站，我早在西出口等許久，見旅客出票閘一群一群走光了，怎麼還不見我親愛的爸媽?!

電話打來了，大事不妙，我叫爸爸描述眼前的情景，這次，他們在東出口！一樣叫他們不要動！隨即拔腿狂奔前去救親，我真的真的被打敗了！

雖說帶爸媽這樣的外地人有很多慘痛的迷路經驗，但住台北二十多年，無論是讀書、出差、聚會，常在台北火車站盤繞，不覺得此設站百多年、現為第四代站體的全台最大交通輻輳點，有什麼令人迷惑的？

但攤開地圖、展開真實面細看，車站主體地下六層、地上四層，乃**五鐵**（gōo-thih）共構的超大迷宮。暗藏辦公室、商店與專賣便當的台鐵本舖，構成層疊龐雜的購物街與商場。

過去得專程來*拆票（thiah-phiò，**買票**），到被稱為「比薩屋」的一樓空闊大廳排隊，遠遠望著壯觀但複雜無比的時刻表（已走入歷史），竟然會翻牌，像蜂鳥拍翅那般神妙……

準備好**車錢**（tshia-tsînn，**車資**），終於輪到我，買票當下的心情是很不耐的，真佩服售票員操作系統之耐心。確認好時間、車種、張數，找好零錢連同**車單**（tshia-tuann，**車票**）遞上，我會在旁再三確認，若要改時刻甚或退票，可是很麻煩的。

售票櫃檯是激烈的推移戰場，我曾目睹售票員與買票者一言不合，大吼大叫。

幸好，現有悠遊卡與網路購票，到俗稱的「北車」單純就是搭車，要不就來購物、吃飯與晃遊。

對我而言，北車就像半隱沒於地底的蜂巢，可從不同的孔洞進入。

台北的公車很方便，上下班時間**車幫**（tshia-pang，**車次**）非常多，更常在站前的忠孝西路塞成一團。

大多時候，我搭捷運而來，南北向的紅線或東西向的藍線，出站後從最底下鑽出，一定要逛書店的啦！買本書去泡咖啡廳，樓上還有最新潮最異國的美食街。地下購物街條條交錯，我只知步行穿越，名字總記不起來，隨便走走到後站的百貨公司與電影院，內藏迴旋型的塔，客運載你通往台灣的主要城市，再轉搭在地的巴士通往更遙遠的鄉鎮村莊。

國際化的北門站，可先寄放行李，再悠悠哉哉坐長長的捷運到桃園機場搭**飛行機**（hue-lîng-ki，**飛機**），往世界各國各都市而去。

台灣最老牌的大眾交通工具，就是**鐵枝路**（thih-ki-lōo，**鐵道**），沿途的風景與日治時代留存下來的**車頭**（tshia-thâu，**車站**），承載著記憶與歷史，無論看幾次，都有煥然的角度與美感。

集交通工具之大成，在北車這座蜂巢鑽進鑽出，於廊道、樓梯與手扶梯上下穿行，你得要靠一雙腳，以及善於觀察的雙眼，來搜集這日積月累的龐雜繁複所流溢出來的蜜。

字詞整理

交通工具

五鐵（gōo-thih）：**高鐵**（ko-thih），**捷運**（tsia̍t-ūn），**台鐵**（tâi-thih），**公車**（kong-tshia），**客運**（kheh-ūn）。

飛行機（hue-lîng-ki）：飛機。又唸作 hui-lîng-ki、pue-lîng-ki。

鐵枝路（thih-ki-lōo）：鐵道。又稱**火車路**（hué/hé-tshia-lōo）。

設施與買票

月台（gua̍t/gue̍h-tâi）：給乘客等候上列車的平台。

車錢（tshia-tsînn）：車資。乘車所付的費用。

車單（tshia-tuann）：**車票**（tshia-phiò）。

車幫（tshia-pang）：班車。俗音錯唸**車班**（tshia-pan）。

車頭（tshia-thâu）：**車站**（tshia-tsām）。

搭乘過程

坐車（tsē-tshia）：搭車，乘車。

盤車（puânn-tshia）：轉車。

眩車（hîn-tshia）：暈車。

類義詞 購買車票。

拆票（thiah-phiò）=**拆單**（thiah-tuann）=**拍票**（phah-phiò）=**買票**（bé/bué-phiò）。

跟著郵票去流浪：信件的二三事

因要請長輩簽字授權，雖已經寫好**批紙**（phue-tsuá，**信紙**）和文件，還得準備回郵信封，太太說家裡沒郵票，星期假日要買，便利超商可能有。

我就拎起文青小包，展開了尋找**切手**（tshiat-tshiú，**郵票**）的旅程。

來到離家最近的超商，店員本來說有，抽屜翻了老半天發現售罄。好吧，索性以便利超商為座標來探索，也多走些路好消消脂，說不定會看到不同的風景。

想起在高雄讀了四年大學，畢業前為追求基隆的女孩，立志要考上台北的研究所。索取報名表後，我仔細填寫資料，將所需證件蒐整好，拿出**印色**（ìn-sik，**印泥**）沾好沾滿，在報名表上**頓印仔**（tǹg ìn-á，**蓋印章**），要寄雙掛號。

寄出前，我念頭一轉，請室友幫忙檢查，讀著讀著他發出「咦」一聲，猛然發現嚴重錯誤，沒改正恐會喪失報名資格。

真的是出外靠朋友，更要努力認真，我幸運考上台師大的研究所，也和那位心儀的基隆女孩在一起，最終成為我配偶欄上的名字。

邊走邊回想這段往事，問過三、四家超商，店員都說沒有。再轉個念頭，想到假日有自動郵局，裡頭該有郵票販賣機吧！

我的郵票小旅行，環繞的座標改為郵局與*郵差（iû-tshai），我刻意觀察，紅綠兩色的**批桶**（phue-tháng，**郵筒**）還真不少，沒有歪腰，站得挺直守護著傳遞的任務。

想起剛進社會時，女友已滿、結婚未至，在台北失業了一陣子，幾乎無以為繼，過年甚至沒有錢準備紅包給最親愛的阿媽。年後，BBS版前同事通報有文學編輯職缺，履歷是必要的，得附作品集，我就把厚厚的資料裝入**批囊**（phue-lông，**信封**），忐忑到郵局掛號，櫃檯的大姐秤了秤重量，郵資一百塊。

「**遮貴喔**！」我面露驚慌，那時我連房租都快繳不出來。

只見那位大姐將郵件拿高高，瞪了一眼說：「你要找工作啊？用一百塊去換，很値得啊！」

真的很値得，我靠那包郵件進入《聯合文學》擔任編輯，是我這類文青的夢幻工作，充實了我的人脈、經歷、視野，才有辦法走上作家之路。

自動門打開，走進無人郵局，當頭就是自動化的郵儲系統，補摺機與提款機排列整齊，租用的信箱四方密集像膠囊旅館，但，沒有郵票販賣機。

郵局明亮空蕩蕩，一個人的我感到茫然，清涼的冷氣吹來，我瞬間倒縮變回小學生——那時學校鼓勵各班開設**口座**（kháu-tsō，**存戶**），要同學一起**存款**（tsûn-khuán），養成儲蓄的節儉習慣。

忘了是每個禮拜固定哪一天，反正老師收齊現金後，連同印章與**寄金簿仔**（kià-kim-phōo-á，**存摺**），交給我護衛，和另一位男同學腳踏車雙載，到民雄街上的郵局去存款。

那時，不要說我們鄉下學校，全台有冷氣的家庭都很少，行過南部炎熱無比的街道，我最享受郵局自動門一打開、那迎面而來的冷氣，有夠爽快！看著綠色底版郵務與儲匯那些我搞不懂的字，各色鄉親在我面前來來去去，有個阿公大聲說我欲寄**定期**（tīng-kî，**定期存款**）……多麼希望能多待些時間，不必回去上課啦我。

沒有搶案也沒有混水摸魚，這段經歷沒有任何轉折，卻是我對郵局最深的回憶。

回到現實，郵票要去哪裡買呢？上網搜尋，果真有週日去哪買郵票的營養文，原來販賣機要特定大間郵局才有，除了超商，還可去集郵社，難道要去買清朝郵票？

最後的機會：文具行與書局。

我還真的跑去問，店家想都沒想就搖頭，我找得累了也慌了，甚至還去問鎖印行，**刻印仔**（khik-ìn-á，**刻印章**）的老闆一臉不可置信地說：「**阮遮無啦！**」

電子時代的我要從寫信年代脫身，就來恭請谷歌地圖大神，我鍵入「郵票」兩字，跳出郵票販賣機的照片，地點標示：故宮南院。

啊！忘了開啟定位服務，地圖才會跑回故鄉嘉義。我人在台北科技都市，內心依然鄉下人的傳統樸實。

還是乖乖回家好了，明天一早，就跟那位心儀的基隆女孩、兩位女兒的媽媽，一起去入荷郵票，再老老實實地，將信恭謹寄出。

字詞整理

關於郵件

批紙（phue/phe-tsuá）：信紙，信箋。

切手（tshiat-tshiú）：**郵票**（iû-phiò）的日文稱呼。

批桶（phue/phe-tháng）：郵筒。

批囊（phue/phe-lông/long）：信封。又稱**批殼**（phue/phe-khak）。

關於印章

印色（ìn-sik）：印泥。

印仔（ìn-á）：印章。例：**頓印仔**（tǹg ìn-á），蓋印章。

刻印仔（khik-ìn-á）：刻印章。

關於儲蓄

口座（kháu-tsō）：帳戶。又稱**戶頭**（hōo-thâu）。

存款（tsûn-khuán/khuánn）：又稱**寄金**（kià-kim）。

寄金簿仔（kià-kim-phōo-á）：存款簿、存摺。

定期（tīng-kî）：預定或固定的日期或期限。例：**定期存款**（tīng-kî tsûn-khuán）。

類義詞 郵差，郵遞員。

郵差（iû-tshai/tshe）= **送批的**（sàng-phue/phe--ê）= **送批員**（sàng-phue/phe-uân）= **分批的**（pun-phue/phe--ê）= **提批的**（the̍h-phue/phe--ê）= **挈批的**（khe̍h-phue/phe--ê）= **郵便士**（iû-piān-sū）。

欣賞鈔票如影片：眼與手的動作

本來，我摸不到它，甚至不知道它會長什麼樣子。因不用去領實體，掛在銀行用電子支付即可。為了振興疫情受損的經濟，政府發下「振興五倍券」，鼓勵消費。

還記得它長什麼樣子嗎？

要不是家裡頭長輩去領票券，我才會親手摸到、親眼目睹五倍券，代表圖案乃**長尾山娘**（tn̂g-bué-suann-niû，**台灣藍鵲**）。曾在北部山區偶見其身影，羽毛與外型是很優雅沒錯，但其體型頗巨大，常追逐互鬥，凶猛得很，是以一見票券上其**展翼**（thián-sit，**展翅**）的模樣，我還真嚇了一跳。

因為陌生，才會仔細端視，若以陌生的雙眼，來看再熟悉也不過的事物呢？

順著順著我就拿出**皮包仔**（phuê-pau-á，**皮包**），將裡頭的貨幣全部倒出來。

銀角仔（gîn-kak-á，**銅板**）還好，就是偉人頭像、發行年份與幣值。**紙票**（tsuá-phiò，**紙幣**）就比較可觀，隱藏許多細節與動作，像在看動畫影片。

一百塊幣值的主角為孫中山，右手置於桌上，意態端然，背景流動著〈禮運大同篇〉且凸顯「博愛」兩字，和壁畫上正要抱孩子的另一個他互相呼應。這位中華民國的共主，其眼神對大同世界有一種**向**（ǹg，**期望**），期待著理想的未來。

翻至背面，乃陽明山的中山樓，過去是要來開國民大會的，曾看過有人如此下標：這是棟蓋在硫磺坑的宮殿。

五百塊的主角不是唱〈你是我的花朵〉的歌手伍佰（說不定未來會是），而是南王國小少棒隊將帽子拋起來，那歡欣鼓舞的情景。背景則有投手將球**擲出去***（tàn-tshut-khì），當然就有捕手蹲在那兒**承**（sîn，**接**）。圖樣或顯或隱，勾起台灣人對國球的諸般回憶，涵納歡欣與憾恨情緒，猶如電視台轉播的精采連續動作。

翻到背面，嶙峋的大霸尖山就在那兒，前頭一群梅花鹿定格「鹿視」，安詳的樣子也帶點驚懼，那雙眼睛是在**睨**（gîn，**瞪視**）。

背面的生態畫面，與正面的球類動作，正好一靜一動。

罕少這樣專注地細看鈔票，裡頭暗藏許多辨偽功能，乃為了防範**假銀票**（ké-gîn-phiò，**偽鈔**），裡頭的圖樣也有許多眼睛的狀態、手腳之動作。

如一千塊的正面，一群小朋友正在**相**（siòng，**盯視**），仔細端詳著地球儀，且用手去比，好似發現了什麼，也藉此看到這世界的廣闊，猶如背景的那架**召鏡**（tiàu-kiànn，**望遠鏡**），是天文用的，透過這些科學的儀器，可以看到宇宙的浩瀚與美妙——這又是鈔票設計思考的相對，相對於另一頭的顯微鏡，可小可大，可微觀也可遠觀。

鈔票背面的玉山巍然壯闊，兩隻**雉雞**（thī-ke）一公一母，拖著長長的羽尾，正昂然地走過。

一千塊鈔票的正面與背面，一動一靜，一文明一自然。

振興五倍券，有點像罕見的兩百元，以及店家不敢收的兩千元鈔，只短短的一段時期出現，用來帶動消費與經濟，隨著無情的肺炎消失在這段無奈的歷史中。

畢竟這是貨幣，是一種價值交換的中介物，很少人像我這樣，將其當作影片來欣賞，聞不到銅臭味。

大多數人透過貨幣換來的，是實際的物質與消費快感。

但可悲的是，我這樣用心欣賞五倍券，其帶給我的快感，幾乎是零。從頭到尾，我都不知道我的五倍券在哪？怎麼花掉的？

太太說：你不准動也不必知道花哪裡去了，關於消費的快感與到手的物質，只屬於她。

頓時，我扁平化為薄薄的一張承載雙眼沒有本體的中介物了。

字詞整理

6d 圖案與狀態

＃**長尾山娘**（tn̂g-bué/bé-suann-niû）：台灣藍鵲。

展翼（thián-si̍t）：展翅。

召鏡（tiàu-kiànn）：望遠鏡。又稱千里鏡（tshian-lí-kiànn）。

雉雞（thī-ke/kue）：一千塊鈔票上為台灣帝雉。

6d 鈔票與收存

皮包仔（phuê/phê-pau-á）：皮包。

銀角仔（gîn/gûn-kak-á）：銅板。

紙票（tsuá-phiò）：紙幣，紙鈔。

假銀票（ké-gîn/gûn-phiò）：偽鈔。又稱**假錢**（ké-tsînn）。

6d 鈔票上有動詞

向（ǹg）：期望。

承（sîn）：承接，接受。

眼（gîn）：眼睛瞪著看，凝視。

相（siòng）：盯視。例：**金金相**（kim-kim-siòng）。

類義詞 投，擲，丟。

擲（tàn）＝**抌**（tìm）＝**擊**（khian）＝**抨**（phiann）＝**抭**（hiat）。

早到準時和遲到：時間管理大師

女兒們在學校的舞蹈社團集訓多年，歷經校內演出與校外比賽，即將要在全市的大型活動公演，還排在第一場。太太早早就跟我訂下時間，再三提醒，也約好岳父岳母，一起去欣賞孩子的精采演出。

公演日子終於到了，天還沒亮，太太就帶著女兒們去現場化妝、著裝、預演。

我就想，反正早上十一點才開始，依舊循著假日步調，吃頓悠閒的早餐，聽張懷舊專輯，做點心靈筆記，**沓沓仔**[*]（táuh-táuh-á，**慢慢地**）。

果然，太太訊息越來越頻繁，一下子傳孩子在後台準備的照片，一下子說她手機快沒電了記得帶行動電源。最後還是耐不住性子，直接打電話來說岳父岳母已經到場。

太太比較**急性**（kip-sìng，**急躁**），總是匆匆忙忙地提早準備；我人比較**慢性**（bān-sìng，**慢吞吞**），喜歡悠緩地欣賞這沿路的風景，因我是作家是詩人啊！但不至於到**懶性**（nuā-sìng，**拖拖拉拉**），多少還是有點現實感。

把太太叮囑的行動電源收入提袋，出門騎上腳踏車趕赴孩子的戶外表演現場。那地方我常去，還刻意抄了小路，到場剛剛好是十一點。

袂赴市（bē-hù-tshī，**來不及**）？沒有這件事。

遠遠就聽到動感的節奏，想說台灣的典禮開頭都會有長官致詞，真**拖沙**（thua-sua，**拖泥帶水**），放這麼刺激的音樂，是要催促表演趕緊開始嗎？

此時太太電話來了，不是問我到場沒，而是問我有沒有看到？

什麼！我正在量體溫排隊進場啊！已經表演完了？我有沒有聽錯！時代改變了嗎？**遮準時**（tsún-sî）！

然後太太就掛掉電話了。

然後我就完蛋了，加緊腳步趕赴後台，和我的妻女與岳父岳母**會合**（huē-ha̍p，**集合**）。我也算時間管理大師啊！無論是親朋好友的**食飯會**（tsia̍h-pn̄g-huē，**聚餐**），或是去開會談事情，都能控制在誤差值內，時間**拄仔好**（tú-á-hó，**剛剛好**），不會是第一個到的，也不會遲到太嚴重得頻頻抱歉。

從小到大，無論是客運、火車或最新的高鐵，我常去趕赴班車，若事先訂位買好車票，最怕車子眼睜睜從你面前溜走，更怕這趟行程得轉換交通工具，簡直是拍好萊塢動作片，一個環節都不能有閃失。是以，我都會提早出發，有**冗剩**（liōng-siōng，**餘裕**），以防悲劇發生。

總是有意外。年輕時去法國旅遊來到南部，那天要離開中世紀的古城亞維農（Avignon），沒想到跑錯到舊車站去，我非常**著急**（tio̍h-kip，**焦慮**），跳上計程車說要去新站。沒想到，司機竟放出歌劇來聽，邊捲他的大鬍子，悠悠哉哉而行，竟然還來得及，真佩服法國人的慢活啊！

常常買票去欣賞音樂、舞蹈與戲劇表演，所以很懂得排定個人時程。先調查交通時間且把塞車與意外狀況算在內，何時吃飯且不能喝太多水以防表演中途尿急，通常是**冗早**（liōng-tsá，**提早**），悠閒地跟不經意遇到的朋友打聲招呼，要多聊些就要中場或散場後囉。

觀賞室內正式表演，是一種精密的時間計算，但戶外不算，孩子的表演不算，太太的怒吼，當然算！

我趕緊道歉獻殷勤，幫忙收拾現場，還嘻嘻哈哈拉全家與岳父岳母合照，緩和尷尬的氣氛。有趣的是，我都到好一陣子了，還聽到抱歉的聲音說我來晚了可惜沒看到，原來，我這爸爸還算早到的。

遲到是沒有理由的，太太把雜物全丟給我，要我先載回家，轉頭就跟孩子們媽媽們去百貨公司吃喝玩樂囉。

帶著愧疚，將大包小包雜物護送回家，生怕有遺漏再犯錯。

推開家門，鬆了一口氣，想說過關了，卻收到太太的訊息：

我的行動電源咧？你無予我啦！（你忘了給我行動電源啦）

字詞整理

人的性情

急性（kip-sìng）：性情急躁。

慢性（bān-sìng）：慢吞吞。

懶性（nuā-sìng）：懶散，拖拖拉拉，做事不積極。

拖沙（thua-sua）：推泥帶水，不乾脆。

著急（tio̍h-kip）：焦慮、急躁。

時間掌握

袂赴市（bē/buē-hù-tshī）：來不及。來得及是**會赴市**（ē-hù-tshī）。

準時（tsún-sî）：按照規定的時間。

拄仔好（tú-á-hó）：正好。恰巧、剛好。

冗剩（liōng-siōng）：寬裕、餘裕。

冗早（liōng-tsá）：提早。

集合聚會

會合（huē-ha̍p）：**集合**（tsi̍p-ha̍p）。

食飯會（tsia̍h-pn̄g-huē）：聚餐、飯局。

類義詞 慢慢地，緩緩地。

沓沓仔（ta̍uh-ta̍uh-á）=**匀匀仔**（ûn-ûn-á）=**寬寬仔**（khuann-khuann-á）=**聊聊仔**（liâu-liâu-á）=**慢慢仔**（bān-bān-á）。

問候語爆笑測驗！啥貨啥物啥款

應某大學通識課程之邀，我要進行一場百多人的線上演講，談如何用台語來「對話」。

演講對象不是文科生，也非理工科系，而是農學院的學生，未來的工作項目是水產養殖，植物醫學，農林畜牧，食品科學……也就是，他們要對話的對象是：水裡的魚兒，廣袤的森林，雞鴨牛羊，還有釀造甘甜醬油讓大家搶貨都搶不到?!（以上純屬想像）

這演講要如何開場呢？真的是**傷腦筋**（siong-náu-kin，**費神**）。

我幻想，這群大學生愛網路與手機更甚於書本，腦中所想與口中所說的都是同儕間的流行話，為了讓他們對台語產生興趣，領略溝通的祕訣，在演講之前，我列出五組很簡單，幾乎是嬰兒級的問候語，讓這場對話可以輕鬆些，不要那麼嚴肅，好打破同溫層（純粹幻想）。

反正啊就是那個啊，來個輕鬆測驗，請問以下五個詞，換作台語，要怎麼說？

乾蝦：**感謝**[*]（kám-siā），台語華語都通，人人都會說，但比較台語本位的是**多謝**（to-siā），宗教團體常說**感恩**（kám-un），是對別人真誠付出的溫馨回應。然而，因台華語碼混合太嚴重，出現了用台語來唸「謝謝」兩字，請注意不必捲舌，但你可以把舌頭伸出來，穿越上下排牙齒，說個兩次。

魯力：台語正字是**勞力**（lóo-la̍t），某些地方的客語也這麼說，由此可知是相當普遍的感謝話語。有一次，我去某大學演講，中午先去學校的餐廳吃自助餐，混入學生群中排隊排到我了，櫃檯的阿婆飯盛好，錢也算好了，我說了句**勞力**！那位阿婆竟然瞪大眼睛說：好久沒聽到學生說這個詞啦！還罵我為何不早點說，早知道就算學生你便宜點（但我是社會人士）。

蝦毀：正字是**啥貨**（siánn-huè），問這是什麼？到底是什麼東西？略等於台語的**啥物**（siánn-mih）？但在這兒的脈絡類似英文的 What's up? 怎麼了？是一種輕鬆愉快的問候語，當然是熟識的朋友才能這麼說，類似**按怎**（án-tsuánn）？電影《當男人戀愛時》大賣，很快讓**啥款**（siánn-khuán）大紅，邱澤用台語來追女友，簡簡單單兩個字讓愛戀的對象融化。然而，在這之前，其實比較常民的說法是**啥潲**（siánn-siâu），限制級用詞，小朋友不要學！

是在哈囉：字源推測來自美國人常說的 Hello? Excuse me? 表示疑惑，或問對方在幹什麼？是很輕鬆、無厘頭的問候，台語就在**啥貨**前頭加個**創**：**創啥貨**（tshòng-siánn-huè）啦！意思是你在搞什麼鬼啦？若搞不清楚狀況，丈二金剛摸不著頭緒，台語也很好笑喔，你可以說**變啥魍**（pìnn-siánn-báng）——這個**魍**（báng）不是蚊子的意思，可不要伸出來雙手來亂打啦！

甘阿捏：真的假的？台語又說**有影無影**（ū-iánn bô-iánn）？這句話無人

不知，無人不曉，尤其是某退隱的女演員在八點檔連續劇猛說，將問句強化為問候語，被剪成瘋狂的集錦片花，在網路瘋傳，甚至被印成T恤做成商品。奉勸大家，用正字**敢按呢**（kám-án-ne）會更狠更有勁，因台語的**敢**（kám），除表示疑問，更有充滿膽識、毫不畏懼的意涵，比起軟趴趴的「甘」，更正確更有狠勁啦！

只問了這五個詞，我就和螢幕那頭的學生「對話」起來囉，**按怎樣**（án-tsuánn-iūnn）？我很強吧！哈哈，其實這**無啥物**（bô-siánn-mih），沒什麼啦！可不是「無蝦米」輸入法喔！

這些詞平易又好用，可以問候朋友，自助餐阿婆會給你優惠，可以像明星那樣又帥又美談戀愛，或像不拘小節的美國人輕鬆隨意，就算搞不懂也能笑笑怡然。

敢按呢？

你不相信？那你就不斷來問、不斷地說，像不斷跳針的八點檔片花，到時你就知道囉。（以上言論不代表本書立場）

字詞整理

傷腦筋（siong-náu-kin/kun）：因事情麻煩不易解決而煩惱。

啥貨（siánn-huè/hè）：什麼、什麼東西。也是種親切的問候語。

啥物（siánn-mih）：什麼。有時候是種口頭禪。

按怎（án-tsuánn/án-nuá/án-ná）：怎麼、怎樣。

啥款（siánn-khuán）：怎麼樣、什麼樣子。也用來問候別人。

啥潲（siánn-siâu）：什麼。是一種粗俗不雅的說法。

變啥魍（pìnn-siánn-báng）：搞什麼鬼。

按怎樣（án-tsuánn-iūnn）：怎麼樣、怎樣。

無啥物（bô-siánn-mih）：沒什麼、沒關係。

有影無影（ū-iánn bô-iánn）：真的假的？

創（tshòng）：做，弄的意思。若說**創啥貨**（tshòng-siánn-huè），還有問候甚至亂搞的意思。

敢（kám）：用作問句表疑問。例：**敢按呢**（kám-án-ne），是這樣嗎？

類義詞　感謝。

感謝（kám-siā）＝**多謝**（to-siā）＝**感恩**（kám-un）＝**勞力**（lóo-la̍t）＝**謝謝**（seh-seh）。

休閒與娛樂

結伴或一個人好？旅行的真意義

朋友出國旅行回來，若是**做陣**（tsò-tīn，**結伴**）兩人同行，興致勃勃要分享見聞時，我都會這樣問，對方往往這麼回答：

Q：**你們有吵架嗎**？　A：**你怎麼會知道**！

非阿聰我鐵口直斷，而是自身的經驗談。在還沒有孩子之前，多次跟太太出國**迫迌**（tshit-thô，**遊玩**），每在旅途的倒數第二天，我倆都會吵架。

這是多年後回顧歸納的心得。

舉去京都六日遊為例，一到古都我便瘋狂地走訪寺院、古蹟與哲學之道，但太太的心思都不在此，到日本啊就是要來血拼**採購**（tshái-kòo，**採買**）。她遊覽時啥買門票時啥時時啥我都當耳邊風，經過四条通之百貨商店區我都略過，眼看明天就要回國，終於在倒數第二天，火山爆發。

後來我就學乖了，旅途前兩天就先買個**夠氣**（kàu-khuì，**過癮**），卻發現行李啊很重很重，實在是不太可行。

說真的，我比較偏愛一個人的旅行，就不必和旅伴**參詳**（tsham-siông，**商量**），要訂哪間飯店？走哪處景點？吃哪間餐廳？預算多少？直話直說者其實是好旅伴，毫無生活能力的就多擔待，最怕這樣的情形：

Q：**晚餐吃什麼**？ A：**隨便**。

Q：**湯豆腐好嗎**？ A：**不好吧……**

什麼都隨便，什麼都不要的旅伴，最容易引發火山爆發。

然而，一個人的旅行，不小心就會徘徊**躊躇**（tiû-tû，**猶豫**），尤其是不知何時要歇腳的長路漫漫，總覺得還可以再多走些，可以再多看些，實則已超過負荷了。

若是結伴，會互相**看顧**（khuànn-kòo，**照顧**），顧慮對方的感受、體力與個性，彼此提醒、互助協力。若發現苗頭不對，就會有人及時阻止，預防悲劇發生。

旅途中有個伴，金錢與智慧可以互相照應，有人聊天打屁，**陪伴**（puê-phuānn，**相陪作伴**）多了安全感，就不那麼無聊了……其實很多人是沒膽，才主動**相招**（sio-tsio，**互邀**）去天涯浪跡的。

事情總是一體兩面，結伴旅行最終都要歸於個性問題，若是意見不合，想法不同，作息顛倒，更怕方向相反，發生摩擦，**激氣**（kik-khì，**嘔氣**），大吵一架，最終還是火山爆發。

我喜歡和我自己去旅行，我的同行者是**孤單**（koo-tuann），行李拎起就一個人出國去旅行。機票與飯店，車票與旅券，會先在國內**注文**（tsù-bûn，**預約**）。在準備行李與行程規畫時，只需顧慮自身的需要與感受，自行處理與準備，不必和他人商量，省得輕鬆，才不會**費氣費觸**（huì-khì-huì-tak，**很麻煩**）。

單身旅行的目的，無非是一種逍遙徜徉。在旅途中，想去哪裡就去哪裡，想吃什麼就吃什麼，看到美景美物停下來**翕相**（hip-siōng，**拍照**），想拍多久就拍多久，要幾張相片就幾張，完全不必顧慮同伴的感受。

出國單身旅行的目的，無非是為了**坐清**（tsē-tshing，**沉澱**），把國內的人情世故、課業工作等，全拋到九霄雲外，還一個當下的愉悅的自己。在一步一步的走踏中，在流轉的市街與靜謐的山林中，將*操心（tshau-sim，**煩惱**）慢慢放下，沉浸在移動的自由自在中。

然後，就又長路漫漫了，走過頭太累太乏，離下一站還有好遠好遠，天色已晚，雙腳痠痛，口好渴，心好累，恨自己為何不提早停步，找個地方歇腳，自己就對自己火山爆發囉。

旅行啊旅行！一個人孤單，兩個人麻煩，三個人以上就像旅行團，**十喙九尻川**（Tsa̍p tshuì káu kha-tshng，**人多嘴雜**）。

遊玩方式得適當，旅伴數量得剛好，才能享受旅行的真正意義。

字詞整理

做陣（tsò/tsuè-tīn）：一起、結伴。

迌迌（tshit/thit-thô）：遊玩、旅遊。

採購（tshái-kòo）：採購物品，俗唸作 tshái-káng。

夠氣（kàu-khuì）：滿足。過癮。

參詳（tsham-siông/siâng）：商量、交換意見。

躊躇（tiû-tû）：猶豫、遲疑。

看顧（khuànn-kòo）：照顧。

陪伴（puê-phuānn）：相陪作伴。

相招（sio-tsio）：彼此邀約。

激氣（kik-khì）：嘔氣、賭氣。

孤單（koo-tuann）：孤身一人。

注文（tsù-bûn）：預訂、預約。來自日語。

費氣費觸（huì-khì-huì-tak）：指很麻煩、費力氣的意思。

翕相（hip-siōng/siòng/siàng）：拍照、攝影。

坐清（tsē-tshing）：沉澱、澄清。

十喙九尻川（Tsa̍p tshuì káu kha-tshng）：比喻人多意見紛歧。

類義詞 煩惱，操心。

操心（tshau-sim）＝**操煩**（tshau-huân）＝**煩心**（huân-sim）＝**煩惱**（huân-ló）＝**閬煩**（îng-huân）。

城市就是健身場：隨時隨地運動

搭乘地下鐵歷經長長的通行之後，出站要上到地面時，面對電扶梯與坎仔（khám-á，階梯），你會選哪一個？

若非行李太重，我會選擇爬階梯，效果等同爬山。

電扶梯站滿了人，孤單的我艱難地登高往上，有些出口特別冗長，譬如台北捷運大橋頭站二號出口，我邊爬邊算，竟然超過一百階，好似要往高聳的聖山朝拜去。

為了環保，有人說能搭捷運就不要開車；為了健身，我若有時間就步輦（pōo-lián，徒步），能不搭捷運就不搭。

白日忙碌的工作結束，要回家了，我會用走的穿越街道、公園、廟宇，拍攝奇特的街景，發現有興趣的商家就用電子地圖標記，或觀察路人的表情、服裝與鞋子（幾乎沒有重複的）……本日累積的**跤步**（kha-pōo，**步數**）不知不覺就破萬，手機的計步器還會為你放煙火，省了搭捷運或公車的花費，省錢又健康。

而且，都市的晃遊必定會經過飲食店與餐廳，在香氣與美食照片的諸般誘引下，如何忍住口水、抑制食慾，這是極佳的修煉。

簡單的數學計算：凡熱量消耗的，超越你吃下的，就不會有肥胖的結果。是以這城市的晃遊，我會多喝水多喝水多喝水，促進體內代謝循環。

當然，騎****跤踏車**（kha-ta̍h-tshia，**單車**）也很優，台灣的主要城市都有公共單車，邊騎邊吹風，時速一、二十公里的風景，悠哉悠哉悠哉。

騎累了，就在公園休息一下，看到有人在拉單槓、使用滑步機，或是原地**跳索仔**（thiàu-soh-á，**跳繩**）。城市有為你騰出的綠地，找個縫隙來活動活動身子。若是清早，公園更多的是跳土風舞、練太極拳、扭腰擺臂做**體操**（thé-tshau）的老先生老太太。

退休的老一輩有餘閒養生，在學的孩子青少年得上體育課，在之間被金錢、時間、壓力夾得喘不過氣的中壯年，要撥出空閒來**走標**（tsáu-pio，**跑步**）、**拍球**（phah-kiû，**打球**）、**健身**（kiān-sin），時間空間往往有限，得要偷用日常生活的零碎空隙來運動。

整個城市都是我的**運動埕**（ūn-tōng-tiânn，**操場**）。

尤其陪家人逛百貨公司時，每每在餐廳吃得飽飽，深感罪惡感，太太與姊妹淘前去購物，我得要陪小朋友去歡樂世界打電動，換好代幣打發孩子去遊戲機台瘋狂之時，我會為自己留下一疊，玩投籃機操練自己的**筋骨**（kin-kut），雙手舉起反覆鍛鍊，練習準確度與沉著度，直到手痠眼花頻喘氣投不動為止，這運動效果很像**泅水**（siû-tsuí，**游泳**）。

生活無處不**活動**（ua̍h-tāng，**活動筋骨**），越日常越漫長的越可以利用。每當我誤闖超級市場，心中就會響起 The Clash 樂團的歌〈Lost in the Supermarket〉，並非龐克式批判，而是在選購琳瑯滿目的商品時，繞行盤桓，這邊走那邊看，泡麵有傳統麵、乾拌麵與日式拉麵，酒類是紅酒、白酒、清酒與威士忌等等，沒下手人已醉，索性拿起半打六罐的啤酒，這樣上下擺盪好似在**攑**（gia̍h，**舉**）啞鈴。乾糧與零食品項最多且塞得很滿，要看個仔細，你得要**跍**（khû，**蹲**）**落去**，再站起來，這就是一種深蹲，順勢來做的核心運動。

買了滿手滿袋的戰利品，這樣拎著上下舉，宛如健身房的拉舉——但大家都這樣做，依然不顯健康不顯瘦——這樣的自我安慰，等同消費的愉悅。

凡熱量吃下去的，常常會超過你身體消耗的；錢包消耗的數字，必定高於購物愉悅的指數。

還是得面對現實，吃少點，買少點，犒賞少一點；能多活動點，多理性點，就可多歡樂一點。

字詞整理

坎仔（khám-á）：台階、階梯。又稱**砎仔**（khiat/khat-á）。

步輦（pōo-lián）：徒步、步行。又稱**行路**（kiânn-lōo）。

跤步（kha-pōo）：腳步。計算腳步的單位。

跳索仔（thiàu-soh-á）：跳繩。

體操（thé-tshau）：對身體有益的各種規則性運動。

走標（tsáu-pio）：跑步、慢跑、賽跑。

拍球（phah-kiû）：打球。各種球類運動的通稱。

健身（kiān-sin）：強健身體，泛指增加肌肉強度的運動。

運動埕（ūn-tōng-tiânn）：操場、運動場。

筋骨（kin/kun-kut）：筋肉和骨骼、體格。

泅水（siû-tsuí）：游泳。

活動（uah-tāng）：運動，活動筋骨。

攑（giah）：舉、抬。例：**攑鐵仔**（giah thih-á），舉啞鈴。

跍（khû）：蹲。例：**深跍**（tshim-khû），深蹲。

類義詞 單車，腳踏車，自行車。

跤踏車（kha-tah-tshia）＝**孔明車**（khóng-bîng-tshia）＝**鐵馬**（thih-bé）＝**自轉車**（tsū-tsuán-tshia）＝**大輪車**（tuā-lián-tshia）＝**自輪車**（tsū-lián-tshia）＝**兩輪車**（nn̄g-lián-tshia）＝**動輪車**（tōng-lián-tshia）＝**獨輪車**（to̍k-lián-tshia）。

是勇腳或是軟腳？假日陪你爬山

鳥叫聲喚醒晨光，搔弄窗簾縫隙間的小波浪，終究忍不住，破簾而出，罩滿整座房間，溫柔地喚醒了我，讓我意識到，今天是假日。

點開手機放音樂，來聽〈陪你過假日〉，這首男女對唱的RAP，相當應景。假日的早晨，我不補眠不賴床，而是和好朋友去**蹈山**（peh-suann，**爬山**）。

陪你過假日，我想要出門去爬山，穿著登山褲戴遮陽帽，背包負著毛巾與超大罐水壺，我和好朋友相約在**山跤**（suann-kha，**山腳**），要往**山尾溜**（suann-bué-liu，**山頂**）而去。

先問候早餐吃了沒？昨晚睡得可好？就假日啦！不用太累，找輕量級的山路來登高。

剛開始，面對陡峭的棧道，抬頭一望看不到盡頭，心中大喊慘了——朋友在旁礙於面子，不敢聲張表示，只好硬踩上去。

初起步，還有說有笑，談論新聞八卦，聊最近遇到的趣事糗事鳥事，吃了一堆好吃的體重很沉等等。這樣爬了兩、三大段階梯，呼吸越來越急促，上氣不接下氣，**怦怦喘**（phēnn-phēnn-tshuán，**喘得很厲害**），話題也接不上了，腳越來越痠，胸口開始發疼，真的是**大心氣**（tuā-sim-khuì，**喘不過氣來**）。

依然是面子撐場，雖是很熟的朋友，也不能丟臉啊！很想休息硬是撐著硬攀爬。此時，我便開起玩笑來，說他整個臉**青恂恂**（tshenn-sún-sún，**臉色發青**），他立刻反唇譏我，你才**紅絳絳**（âng-kòng-kòng，**臉色發紅**）啦！

怎麼每道階梯都那麼沉重，累得我倆話都說不出來。此時，救星出現了，前方有座涼亭，不損及面子有理由來**歇喘**（hioh-tshuán，**喘息**）。

找張椅子坐下，汗水大顆大顆滴下，當然要來喝水，補充水分也補充體力。同時，徐徐山風吹來，胸口劇烈的起伏紓緩了下來，這是走進山林給你的第一份禮物。

過了第一關，接下來依然嚴峻，不知上頭還有多少階梯，反正往上爬就是。幸好不像剛開始那麼痛苦，此時可慢慢欣賞山裡頭的景色，路邊的樹木花朵，草叢中蠢動的爬蟲類，以及翩翩飛舞的蝴蝶。

漫步於**山腹**（suann-pak，**山腰**），跟好友的話題也越來越沉，逐漸進入心情的深水區，談到近來事業的困境，人情世故糾糾纏纏，對健康與未來的擔憂……事情都不是太嚴重，微微揚起確切的喜悅，就像行走於山林的我們，有時**上崎**（tsiūnn-kiā，**上坡**），有時**落崎**（lo̍h-kiā，**下坡**），這樣起起落落才是人生的真實。

一個人爬山純然是孤獨與意志力之奮戰，有朋友邊走邊聊可轉移注意力，達至目標容易多了，我們很快便攻頂成功。山頭的勁風將身上的汗水吹乾，心情無比輕鬆，四面的風光多開闊，美好的時光更難得，在標高的紀念桿前，將這寶貴的友誼拍攝留影。

迎面而來的山友，錯身時都會互相招呼，山中的親切問候，是及時的提醒：預報前方的路況，小心腳步不要滑倒，你看這風景多美空氣多好。

對我而言，**落山**（lo̍h-suann，**下山**）是比登山更嚴峻的挑戰，就像我和好友都到了中年，青春時的氣盛與衝勁快損耗光了。如何靠著資歷與經驗，讓這往下的路途平安順遂，種種都需要小心琢磨。

爬山主要訓練下半身，腳部肌肉與關節的負擔相當大，尤其是下山時，小腿會很痠很硬，得要靠身體的核心來支撐，若肌耐力不足恐會失足……我就跟朋友說你要小心啊！若跌倒滾啊滾落山腳，不要說我，連神仙都救不了你。

先苦後樂的登山行讓話題百無禁忌，朋友也毫不客氣地罵我是**肉跤仔**（bah-kha-á，**腳力不足**）。

什麼鬼啊！誰怕誰啊！下次假日再相約來爬山，比比看，看誰是**勇跤馬**（ióng-kha-bé，**腳力強健**）。

字詞整理

狀態與動作

peh山（peh-suann）：爬山。

落山（lo̍h-suann）：下山。

上崎（tsiūnn-kiā）：上坡。

落崎（lo̍h-kiā）：下坡。

山巒的位置

山跤（suann-kha）：山腳。

山腹（suann-pak）：**山腰**（suann-io）。

山尾溜（suann-bué/bé-liu）：**山頂**（suann-tíng）。

身體狀況與描述

怦怦喘（phēnn-phēnn-tshuán）：喘得很厲害。

大心氣（tuā-sim-khuì）：呼吸急促，喘不過氣來。

歇喘（hioh-tshuán）：喘息、喘口氣。短暫的休息。

青恂恂（tshenn/tshinn-sún-sún）：臉色發青、蒼白。

紅絳絳（âng-kòng-kòng）：紅彤彤。形容顏色極紅。

等級評比

肉跤仔（bah-kha-á）：腳力不足，用來形容行為軟弱，能力不足的人。

#**勇跤馬**（ióng-kha-bé）：腳力強健，用來形容堅毅強壯的人。

搶救鯨豚大作戰：照護語言生態

我有位藝人朋友，幾年前斗膽接下生態節目的主持棒——不如說是背上氧氣瓶，學習*
藏水沬（tshàng-tsuí-bī，**潛水**），到水下三十米處去拍攝錄影，穿梭海草間，與魚族共游，探尋沉沒的廢棄船隻，甚至是二次大戰後殘存的軍艦與飛機，相當敬業，更是危險。

本不諳水性的她，就此愛上海洋，更因親身的體驗與親眼目睹，讓她更為關心大自然的生態，不只在媒體上呼籲，更是說到做到。

這位朋友除了關心生態，也想要學台語，我們就透過視訊來教學，練習對話。那天，台語課結束後已晚，下線時她臨時接到通知，說宜蘭海岸有鯨豚**靠沙**（khuà-sua，**擱淺**），需要人手幫助，否則性命恐不保。

雖說已經卸下主持棒，但愛護海洋的心未曾停止，她稍事整理後，開車從台北衝去基隆，救援站設在八斗子，她半夜十一點多到，隨即加入**救護**（kiù-hōo，**救助保護**）。

這隻擱淺的垂危生物，是偽虎鯨，又稱擬虎鯨，就生物的科學分類，並非**海翁**（hái-ang，**鯨魚**），而是**海豬**（hái-ti，**海豚**）。往常的情況，在人造水池的救護只需兩人扶著，但這隻**烏鰡**（oo-ngôo，**偽虎鯨**）身長三米多，需要更多人手來協助，有相關經驗的她，毅然加入。

進入水池前，得先穿青蛙裝、戴護目鏡，因鯨豚類與人類同為哺乳類，怕感染傳染，事先得全身消毒，這是必要程序。

據在場**獸醫**（siù-i）的初步判斷，這隻海豚可能是**嗾著**（tsa̍k-tio̍h，**嗆到**），也就是有海水跑進氣孔——這是海豚用以**喘氣**（tshuán-khuì，**呼吸**）的器官，位於上額頂端、眾人皆知的特徵。

在海岸發現偽虎鯨時，已氣息奄奄，無法自力泅泳，若沉入水中會**駐死**（tū--sí，**淹死**）。在專業人員的引導下，我這位朋友等四個人自兩側扶起偽虎鯨，使其浮出水面，還要順勢移動，試圖使其恢復游泳的動力。

在旁，還要計算其呼吸，有呼有吸才算真正的呼吸，呼吸不正常，表示真的很**虛弱**（hi-jio̍k，**沒有力氣**）。獸醫觸摸其身體，發現心跳數低於平均值，是極為危險的狀態。

朋友協助救護到半夜三點多才離開，離開時還不知偽虎鯨是否能繼續活下去。若救得起來，待其恢復健康後，就會放生讓牠回到大自然的懷抱。若病況太危急，醫治無效，為減緩其痛苦，恐怕要安樂死。

知曉朋友這救護的過程，是事件發生的隔天，透過視訊再度與她進行台語教學。我這位藝人朋友的母語非台語，就像許多住在台灣的年輕人，長輩說台語大致聽得懂，但真要連續說個十分鐘，就會不斷**咬舌**（kā-tsih，**說話不順**），呈現通訊品質不良那種斷訊現象。

但我這位朋友可認真得很，努力用台語說明整個搶救經過，我在螢幕那端順著語句，補充生難字詞與合適說法，她竟就連續二十分鐘從頭敘述到尾。

我們都覺得不可思議。

上課的同時捎來好消息，在場的救護人員傳來影片，經過一夜的細心呵護，海豚逐漸恢復精神，有**氣力**（khuì-la̍t，**力氣**），可以進食了。其長吻裡的牙齒尖利，工作人員餵食時還怕被咬到，最重要的是，海豚排泄了，有吃有拉逐漸恢復了健康。

講是講得輕鬆，實際的過程可是相當緊張的。

我就不免要勉勵這位朋友，說台語就像這隻擱淺的海豚，得靠大家細心來照護，好回復以往的健康。就算你台語說得不流利，只要積極且充滿行動力，大自然的生態就可以維持，讓語言的藍海生機充滿。

字詞整理

鯨豚的名稱

海翁（hái-ang/iang）：鯨魚。

海豬（hái-ti/tu）：海豚。

烏鰡（oo-ngôo）：偽虎鯨，擬虎鯨。

搶救的過程

#**靠沙**（khuà-sua）：擱淺。

救護（kiù-hōo）：救助並加以保護。

獸醫（siù-i）：治療動物疾病的醫生。

嗾著（tsa̍k--tio̍h）：被水嗆到。

喘氣（tshuán-khuì）：呼吸或是指深呼吸。

駐死（tū--sí）：**淹死**（im--sí）。

虛弱（hi-jio̍k/lio̍k）：衰微，沒有力氣的。

咬舌（kā-tsih）：咬斷舌頭尋短。此處指說話不流暢，發音不清楚。

氣力（khuì-la̍t）：力氣、力量。

類義詞 潛水。

藏水沫（tshàng-tsuí-bī）＝**藏頭沫**（tshàng-thâu-bī）＝**鑽水沫**（tsǹg/tshǹg-tsuí-bī）＝**沬水**（bī-tsuí）＝**踮沫**（tiàm-bī）。

採集工具集合啦！玩動森學台語

疫情三級警戒在家，剛開始還很奮進，加緊寫作，努力健身，煮健康餐，保持開朗的心情……時日一久，就被慣性與惰性寵壞了，肚子間的肥油越來越厚，精神也越來越差……不爭氣的我，手指一癢，就網購了台switch。

最樂的莫非我家女兒，指名要玩「動物森友會」，一上手隨即瘋狂沉迷，我也跟著墮落了……挑好主角的頭髮與造型，坐飛機來到島上，聽狸克一連串囉唆的交代後，找了處空地**搭布棚**（pòo-pênn，**帳篷**），還沒蓋新屋之前，先**露營**（lōo-iânn）一下。

就此，展開島上新生活！

島上生活真是爆忙，挖草花，採果實，撿樹枝，還要去跟島民探聽消息

跋感情（puáh-kám-tsîng，**交流感情**），任務多樣又有趣。

邊玩邊和女兒討論步驟與策略，七嘴八舌的基本上是台語。撇開新事物與動森專有詞，有些女兒比較陌生的台語詞，尤其是**家私**（ke-si，**工具**），得刻意教導，甚至費心費時研究。

初期最基礎的工具有兩樣，不必花錢買，而是撿足夠的樹枝去工作台製做，先是*
魚釣仔（hî-tiò-á，**釣竿**）。鉤起餌將線丟出，在神祕的背影前，讓**浮動**（phû-tāng，**浮漂**）於水面浮沉，等牠游近來咬餌，跳動兩三下浮標陡然一沉，及時按下A鈕揚竿，魚兒就活跳跳上鉤囉。

捉魚除了用釣的，還可以去買潛水衣，往蔚藍的大海游去。見有泡沫浮出，就鑽入水中去撈捕，有各類海草、貝類與**魚臊**（hî-tsho，**魚蝦**）等，甚至是價昂的珍珠。

除了釣竿，初期不必花錢的自製工具，就是捕蟲網，台語簡稱**網仔**（bāng-á，**網子**），動森島上可捕捉的昆蟲種類繁多，常見的有蝴蝶、蚱蜢、金龜子、蟬、蜂、螢火蟲、**剪仔龜**（tsián-á-ku，**鍬形蟲**）等等，臺灣閩南語常用詞辭典都有解釋，網路上資料也相當多，只要善於搜尋，猶如switch按鍵，功能多多。

一查之下，才知道昆蟲的通稱，叫做**蟲豸**（thâng-thuā）。

若跟別處的朋友討論動森，還可以切磋腔調的差異，尤其是蜻蜓，漢字是**田嬰**，漳州腔發音 tshân-enn，泉腔則是 tshân-inn。

無家私，無師傅。

Bô ke-si, bô sai-hū.

工欲善其事，必先利其器。

要在動森的世界悠遊，打造成你喜歡的樣子，除了錢與哩數，更得善用工具。

徒手去搖樹會有樹枝掉下來，撿起來利用可以製作工具。然而，若掉下來的是**蜂岫**（phang-siū，**蜂巢**），得用捕蟲網抓準時間點一次捕捉，否則會被叮得滿頭包。

黜仔（thuh-á，**鑢子**）可以挖洞，可以種樹，或是把東西埋進去，甚至拿去敲石頭——這需要一點技巧，得在角色後頭挖三個洞，限時十秒以內，對準後一直按A，最多可敲出八粒石頭，甚至會有錢跳出來，真是驚喜啊！

澆花是件簡單隨意的事，拿出**漩桶**（suān-tháng，**澆水壺**）按鈕就好，奇怪咧，怎麼都不用補充水，可以澆啊澆一直澆下去。

若發現天上有氣球，趕緊從包包裡頭拿出**鳥擗仔**（tsiáu-phiák-á，**彈弓**），一打中，神祕禮物就會從天上掉下來。

三級疫情期間，整天關在家裡頭，在客廳與女兒討論動森，交流技巧與策略。既然真實的世界被拘束，無法自由，轉而來到虛擬的空間，買自己想要的東西，跟島民交流互動，設計風格獨特的房子，營造島嶼的風景，這邊跑跑，那邊游泳，固定還有節慶與特別活動，苦中作樂，彷彿就是真實生活的可愛美妙版咧！

——初稿發表於二〇二一年八月《地味手帖》第七期「腔口微微」專欄

字詞整理

布棚（pòo-pênn/pînn）：帳篷。

露營（lōo-iânn）：又唸作 lo̍k-iânn。

跋感情（pua̍h-kám-tsîng）：人與人之間交流感情。交際應酬。

家私（ke-si）：做工用的工具或道具。

浮動（phû-tāng/thām）：魚漂、浮漂。又稱**浮沉**（phû-tîm）。

魚臊（hî/hû-tsho）：魚蝦等水產食物的總稱。

網仔（bāng-á）：網子。

剪仔龜（tsián-á-ku）：鍬形蟲。又稱**剪龜**（tsián-ku）。

蟲豸（thâng-thuā）：昆蟲的通稱。

田嬰（tshân-enn/inn）：蜻蜓。

蜂岫（phang-siū）：蜂巢、蜂窩。

黜仔（thuh-á）：鏟子。

漩桶（suān-tháng）：澆水壺。又稱**水濺仔**（tsuí-tsuānn-á）。

鳥擗仔（tsiáu-phia̍k/phiak-á）：彈弓。

類義詞 釣竿。

魚釣仔（hî/hû-tiò-á）＝**魚篙仔**（hî/hû-ko-á）＝**釣篙仔**（tiò-ko-á）＝**釣箠仔**（tiò-tshuê/tshê-á）＝**釣竿仔**（tiò-kuann-á）。

日常與天氣

這些青菜很難搞？蔬菜急智問答

最有把握的事，往往會讓你摔一跤，這是亙古不變之道理。但，人就是會摔跤。

我是被**菜蔬**（tshài-se）所絆倒的，而且是我最在行的台語課。

阿聰我很愛吃**青菜**（tshenn-tshài），各種怪異的品種都吃，包含野菜。我也時時刻刻講台語（包含夢中），還用台語來教台語——是說那天上課的主題就是蔬菜。

其實是不用準備的，但上課前三個小時，想說來整理整理蔬菜的台語稱呼大全。沒想到，做不完。

眼看時間就要到了，就要視訊上課了，學生出現在鏡頭面前，很有自信地說她吃素，常常去買菜，對青菜可是瞭若指掌，這堂課她很有把握咧！嘿嘿，我可是準備好怪招，來個一問一答，保證腦筋打結：

Q：什麼菜會讓人打老婆？

A：**�**（tang-o，**茼蒿**）。其葉片蓬鬆，炒菜或煮火鍋時，竟縮成小小一撮，老公以為老婆偷吃，一氣之下手舉起來便……乖乖吃老婆的愛心菜，不可以家暴喔。

Q：什麼菜也住山裡頭？

A：**山茼蒿**（suann-tang-o，**昭和草**）。枝葉比茼蒿細緻，香氣更為飽足，是阿聰的最愛。苦瓜也是，比起得剖囊刨子的白玉大苦瓜，我更愛小巧清脆的山苦瓜。由於太愛太愛了，我還譜寫成台語歌詞喔！請上網路搜尋來自新港、唱西非旋律的「嬉班子樂團」，多聽個幾次，否則〈山苦瓜〉這歌聆聽率苦苦的，有你的支持才能苦盡甘來囉。

Q：什麼菜有少有老？

A：薑，去菜市場選購時，攤商一定會分開販售：**莊薑**（tsínn-kiunn，**嫩薑**）清爽少辛辣，可切片切絲，伴主食生吃或拌炒以增益香味，更可醃漬使味道悠遠。**薑母**（kiunn-bó/bú，**老薑**）渣滓多，辛辣味道罕有人直接吃，做成薑母茶溫熱滋補，或是熬一鍋冬令時節最為祛寒的薑母鴨，撲通丟入鴨丸子、鴨血、豆皮、凍豆腐等等……我不想上課了，隨即出發就要去吃火鍋啦！

Q：什麼菜有大有小？

A：白菜有大有小，還有捲心大白菜與山東白菜……如此答案太複雜了，黃瓜比較俐落，很多人分不清楚其大小的差異：大黃瓜台語名**刺瓜仔**（tshi-kue-á），是台灣早期的家常菜，軟軟嫩嫩的可切塊來煮湯，還可以醃製成**蔭瓜仔**（im-kue-á）。小黃瓜的台語本來很少人說，甚至連菜市場的攤商都不會，經過許多台語課與綜藝節目的轟炸，**瓜仔哖**（kue-á-nî）漸漸成為基本常識囉。

Q：什麼菜白白的，包水餃好吃？

A：包水餃的餡料主要有蔥花、高麗菜、韭菜、玉米、**芫荽**（iân-sui，**香菜**）等等……還有一種味道不若韭菜味道強烈、口感更脆的**白韭菜**（pe̍h-kú-tshài，**韭黃**）。嘿嘿，得要用台語來思考，才能找到解答。

Q：什麼菜入火鍋煮，會有人翻鍋？

A：這題就像開超大火烹煮那麼熱烈翻滾，網路票選出來的結果，第一噁是**芋仔**（ōo-á，**芋頭**），煮得爛爛透出微微的紫色，整鍋毀掉，超噁心的。但對美食家阿聰來說，經過油炸的「脆芋」是真愛。若是大塊的水芋，火鍋煮熟了可品嚐外軟內硬的口感，且伴台式沙茶醬入口，鹹甜相伴，真是充滿了層次感（我噁不噁心啊）。

Q：什麼菜是用農場來命名的？

A：青椒的台語很多人都不會說，因名稱與外型差太多，叫做*大同

仔（tāi-tông-á）。可不是胸懷世界大同的理想，乃因一九五〇至一九六〇年代，美軍駐台期間首先於屏東的「大同農場」種植。當初台灣人不知如何稱呼，在市場看到紙箱上印著農場名稱，就開始**大同仔**、**大同仔**一直稱呼下去囉。

如此激烈問答到最後，學生的腦袋七葷八素……狠心的我隨耍賤招，來個即問即答：我說華語，你要立刻回以台語：西瓜？冬瓜？木瓜？台語華語的漢字相同，學生招架得住，那南瓜呢？

金瓜（kim-kue）。

學生竟沒被我騙，腦筋成功轉彎，我就再來一次U-turn，問**菜瓜**（tshài-kue）的華語怎麼說？

你若遲疑三秒，表示你輸了，你被阿聰老師設計囉……答案請見下一頁的「字詞整理表」最後，哈哈哈哈哈！

字詞整理

菜蔬（tshài-se）：蔬菜。

青菜（tshenn/tshinn-tshài）：泛指綠色或其他蔬菜。

茎蒿（tang-o）：茼蒿。

山茎蒿（suann-tang-o）：昭和草。

茈薑（tsínn-kiunn）：嫩薑。

薑母（kiunn-bó/bú）：老薑。

刺瓜仔（tshì-kue-á）：大黃瓜，胡瓜，黃瓜。

蔭瓜仔（ìm-kue-á）：醃製的軟嫩醬瓜。

瓜仔哖（kue-á-nî）：小黃瓜。又稱**娘仔瓜**（niû-á-kue）。

芫荽（iân-sui）：香菜。

白韭菜（pe̍h-kú-tshài）：韭黃。

芋仔（ōo-á）：芋頭。

金瓜（kim-kue）：南瓜。

菜瓜（tshài-kue）：絲瓜。

類義詞 青椒。

大同仔（tāi-tông-á）＝**青番薑仔**（tshenn/tshinn-huan-kiunn-á）＝**青番仔薑**（tshenn/tshinn-huan-á-kiunn）＝**大粒番薑仔**（tuā-lia̍p-huan-kiunn-á）。

參訪廟宇有玄機？拜拜基本常識

拜拜是台灣人的日常，無論是為了求平安、事業、健康、愛情，或嘴饞到廟口吃道小吃。不管你信不信，無論你走到哪裡，甚至看場熱門的電視電影，**宮廟**（king-biō，**廟宇**）可說無所不在。

相信不只是我，讀者你們也一樣，遇到重要的事情，會到神明面前去詢問，現場就**下願**（hē-guān，**許願**）。這樣去求助拜託，多是迫不得已，有重大抉擇無法決定，就請神明給指示。若能渡過難關，願望成真，就必定要信守承諾，再回到廟裡頭**謝願**（siā-guān，**還願**）。

說到拜拜的理由，可說有千千萬萬種；台灣人與神明的故事，說也說不完，真的是很**靈聖**（lîng-siànn，**靈驗**）；進廟的儀式，可以簡單更可以隆重盛大……以上種種，可以編一本百科全書囉。

帶著對神明的敬意與誠意，**信徒**（sìn-tôo，**信眾**）到廟裡拜拜，有最基本的儀式。首先，若要踏進廟裡頭，得要龍邊進、虎邊出——廟宇的方位，要以神明所居為準，所謂的龍邊，就是主神左手邊的位置，虎邊乃神明右手邊的位置，跟信徒朝拜的方向剛好相反。民間就流傳說，姓「楊」的絕對不能從虎邊進廟，怕會「羊入虎口」。

廟宇的形制大小差異懸殊，無論如何，都要到主神面前去朝拜，最簡單的形式就是徒手禮敬，常例是要**燒香**（sio-hiunn，**燃香**），幾乎所有的廟宇都會準備好香枝，用打火機或葫蘆狀的火爐點燃。

因神明配置與規模不同，香枝所需數量差異甚大，廟裡會有說明，問服務人員或**廟公廟婆**（biō-kong biō-pô，**廟祝**）即可。然而，大部分人都是**攑香綴拜**（gia̍h hiunn tuè pài），跟著廟裡頭的長輩與信徒來行動就是。

來到主神面前，香煙裊裊，有些人拿香與禮敬的動作還相當講究，口中唸著：

神明在上，請受信眾一拜……

如何祈求神明保庇，其禮儀與規矩，因人因廟而異。必定不能遺漏的，是報上自己的姓名並說明事由，再詳細點就要道明出生年月日與所住地點等詳細背景，祈求可以很減省，可以很繁瑣，但這所有的一切，都不能悖離四個字：誠心誠意。

拜完後，將香枝插入香爐，然後照順序將主要神明都拜過，猶如繞廟環遊一周，感受其莊嚴的氣氛，將祈求的事稍稍想過，同時欣賞廟宇的建築與裝飾藝術。

到最後的**燒金**（sio-kim，**燒紙錢**），也有一定的程序，該燒什麼金銀紙錢，也有一定的規矩，用手用心拗折入金爐內，焚燒化火。

廟裡頭的儀式還有很多很多，有些人會去抽籤，請在場的執事人員**逼籤詩**（pik-tshiam-si，**解靈籤**）。或是求*** 香火**（hiunn-hué，**平安符**），隨身配戴保平安。也別忘了**添油香**（thiam iû-hiunn，**捐香油錢**），這是最實際的貢獻。

台灣人的拜拜日常，對外國人來說，印象最深的往往是**跋桮**（puàh-pue，

擲筊）。從一種陌生的角度來看，看那筊的顏色與樣態，有人翻譯為Red banana。擲筊時的動作，可能的三種結果，是機率問題還是神明旨意？

在在都是一種驚奇。

曾有聲音地景的工作者，用專業器材錄製筊落地時的聲響，那樣的清清脆脆，跳啊跳個好幾下，是未來的方向，命運的迴響，也是台灣人共同的日常記憶。

字詞整理

場域與人

宮廟（king/kiong-biō）：寺廟、廟宇。又稱**廟寺**（biō-sī）。

信徒（sìn-tôo）：**信眾**（sìn-tsiòng）。

廟公廟婆（biō-kong biō-pô）：男女廟祝。

發心與護持

下願（hē-guān）：發願、許願。或說**發願**（huat-guān）。

謝願（siā-guān）：還願。或說**謝神**（siā-sîn）。

靈聖（lîng-siànn）：**靈驗**（lîng-giām）。又稱**有聖**（ū-siànn）。

攑香綴拜（gia̍h hiunn/hionn tuè pài）：湊熱鬧，一窩蜂。

儀式與聖物

燒香（sio-hiunn）：燃香禮拜神佛。

燒金（sio-kim）：燒紙錢。

逼籤詩（pik-tshiam-si）：解靈籤。

添油香（thiam iû-hiunn）：捐香油錢。

跋桮（pua̍h-pue/pe）：擲筊。

類義詞 平安符。

香火（hiunn-hué/hé）＝**平安符**（pîng-an-hû）＝**保身符**（pó-sin-hû）＝**護身符**（hōo-sin-hû）＝**貫捾**（kǹg-kuānn）。

睡眠的三階段論：夢境關口謎題

什麼動物早上四隻腳，中午兩隻腳，晚上三隻腳？

這是希臘神話中人面獅身所問的謎題，答案眾所周知，就是我們「人」。

談到人的**睏眠**（khùn-bîn，**睡眠**），我也拿此來做比喻。

仍是嬰兒時，四隻腳全然落地，有滿滿的睡眠額度，可以睡得很飽很飽。攬抱著你的父母與周遭親友，以至於整個世界全宇宙，都不敢驚擾你，盼望你睡得**落眠**（lo̍h-bîn，**熟睡**）。

至少在上小學前，孩子需要長時間睡眠，這個階段的人類，也真的很好睡。君不見棒球比賽現場正刺激，加油聲震天還玩起波浪舞，電視鏡頭竟帶到觀眾席中的孩子，特寫，四周這麼吵，還能*****啄龜**（tok-ku，**打瞌睡**）。

孩子越長越大，睡眠額度漸漸被抽走，從四隻腳爬行再由家長扶著呵護著，到必須靠自己的兩隻腳獨立了，也開始有了**眠夢**（bîn-bāng，**作夢**）。正式入學後，讀書可以很愉快，但要考試；同學真的很可愛，就是會有排擠與霸凌。煩惱入侵睡眠，**陷眠**（hām-bîn，**說夢話**）發生，半夜會被噩夢驚醒。

噩夢持續纏繞著人類，隨著升學考試、同儕競爭、家長期許、自我要求……你的睡眠不是你的睡眠，美夢時間被外在的俗務奪去，無法**飽眠**（pá-bîn，**睡眠充足**）。而且品質越來越差，有時候睡超過十二小時，**睏醒**（khùn-tshénn，**睡醒**）後，比沒睡更為疲倦。

踏進社會正式工作後，那就更慘了，學校其實是面防護罩，一掀開，世俗的責任與生老病死紛紛找上門，越來越**歹睏**（pháinn-khùn，**難入睡**）。無論正面決戰或疏離逃避，那心中的憂煩與壓力就是在，人不止是雙腳站立，有時候連站的地方都沒有，越來越**淺眠**（tshián-bîn，**睡眠淺**），才剛入睡就又醒來，些許聲響或滲入些許光，就會**拍醒**（phah-tshénn，**驚醒**）。這樣的改變是漸進的，甚至中年過後，成了難以達成的遙遠的想望，像清澈湖中的魚兒，你看得到，但捉不到。

失眠（sit-bîn），是現代人極為嚴重的問題，原因百百種。我曾採訪過中藥房，店家說因睡眠困擾來抓藥的病人數不勝數，其原因，可能是現代人勞動不足不夠累，才會睡不著，常常**無眠**（bô-bîn，**睡眠不足**）。

也曾當面請教著名的精神科醫生，談到失眠及其原因，她嘆了一口氣，不知如何說起。

愛睏藥仔（ài-khùn-iòh-á，**安眠藥**）是迫不得已的，很多人沒吃是無法入睡的。

長輩們看著沉睡中的嬰兒，忍不住便發出讚嘆聲，臉上顯現出無比的幸福。除了感受到新生命的美妙，我想也是羨慕，羨慕可以如此**安眠**（an-bîn，**熟睡**）。

老年人的睡眠不只短，還是破碎的，返老還童像嬰兒那般捉摸不定，人類這種動物的夜晚，看似三隻腳，其中一根是枴杖，不是自己的，甚至全被剝奪，像坐輪椅般無法自主。

對許多退休的長輩來說，**睏晝**（khùn-tāu，**午睡**）比夜睡更為重要。台灣的偏遠村莊、小鄉鎮、樂齡城市，午間有時比半夜還安靜。吃過午餐後，就要**眠一下**（bîn--tsit-ē，**小睡**），享受這短暫的閒適。

睡眠是道謎題，人天天要解謎，只需躺在**眠床**（bîn-tshn̂g，**床鋪**），雙眼闔蓋，人面獅身就會出現，守在夢境的關口，千千萬萬的日子問同樣的謎題。

答案不需說出口，只要指向自己，人面獅身消失，關口就會打開，進入神話般的夢境裡。

字詞整理

睏眠（khùn-bîn）：睡眠。

落眠（lo̍h-bîn）：熟睡、沉睡。

眠夢（bîn-bāng）：作夢、夢想。

陷眠（hām-bîn）：說夢話，作噩夢。

飽眠（pá-bîn）：睡眠充足。形容睡得安穩、沉熟。

睏醒（khùn-tshénn/tshínn）：睡醒。

歹睏（pháinn-khùn）：很難入睡。

淺眠（tshián-bîn）：入睡不深，容易醒來。

拍醒（phah-tshénn/tshínn）：打醒、驚醒、弄醒。

失眠（sit-bîn）：夜晚不能自然入睡。

無眠（bô-bîn）：睡眠不足。

愛睏藥仔（ài-khùn-io̍h-á）：安眠藥。

安眠（an-bîn）：安穩熟睡。

睏晝（khùn-tàu）：午睡。

眠一下（bîn--tsi̍t-ē）：小睡片刻，短暫休息。或說**瞇一下**（bî--tsi̍t-ē）。

眠床（bîn/mn̂g-tshn̂g）：床、床鋪。

類義詞 瞌睡。

啄龜（tok-ku）=**盹龜**（tuh-ku）=**盹瞌睡**（tuh-ka-tsuē）。

冰天雪地的體驗：形容寒冷程度

傳統說法用「四季如夏」來形容台灣的天氣，福爾摩沙依然有**寒人**（kuânn--lâng，**冬天**），尤其寒流來襲，嘉義的空闊平原每每全台最低溫。但那是乾冷，我個人覺得淡水的溼冷比較難受。

然而，談到**大寒**（tuā-kuânn，**極冷**），你會想到什麼？

開鍋啦！終於有理由來吃小火鍋、涮涮鍋、羊肉爐、沙茶火鍋、石頭火鍋、砂鍋魚頭……這些鍋我當然都愛，卻讓我回想起公元兩千年時，跟著旅行團到中國東北參觀冰雕節，首站大連，一下飛機就開吃的海鮮火鍋。

東北當然比台灣冷，出發前費心備好禦寒用具，衣服得穿四、五層，中夾**膨紗衫**（phòng-se-sann，**毛線衣**）才會保暖。從上往下開始戴軟帽，套保暖耳罩，為防冷風灌入脖子當然要繫**頜巾**（ām-kin，**圍巾**），手套兩層，襪子也要兩雙，最後罩上厚重大衣，果真是名副其實的**裘仔**（hiû-á，**棉襖**）。

殘念的是，這些都不太有效，台灣人生長於亞熱帶與熱帶，來到零度以下的天地，就是會**畏寒**（uì-kuânn，**怕冷**）。坐著規格比台灣寬大許多的中國火車，一路往北，從大連來到瀋陽去參觀滿清故宮，再往東到吉林欣賞霧凇，躲在車廂與飯店內都有暖氣，要是人在天寒地凍的戶外，**霜風**（sng-hong，**寒風**）吹來，無情地鑽入衣內，指尖腳尖發冷，不由得就**交懍恂**（ka-lún-sún，**因寒冷而發抖**）。

既然都來了，再怎麼冷都要忍住，丟雪球堆雪人是小兒科，當然要去**趨冰**（tshu-ping，**溜冰**），此為我人生的初體驗。套好了滑板杵著雪杖，從最上頭開始溜起，速度越來越快還頗順暢，溜了好一段路，心中不由得呼喊：「我是天才！我是天才！」

突然覺得有點不穩，一意識到，就跌倒了，狼狽地在雪地滾滾滾。

台灣炎熱得頻頻喝水，廁所大都乾淨明亮。在東北這冰雪天地解決排泄問題，真的很不方便，小解可速戰速決，但一路從瀋陽品嚐有百多種口味的老邊餃子館，又在發源地吃過滿漢全席，旅途匆匆忙忙的，人就在雪地的遊樂園肚子發疼了。

問牽猴子的雜耍藝人，廁所在哪呢？他隨手一指，望見空曠中孤零零的破爛茅房。我急衝而去，開門而入，脫下褲子，一排泄隨即**堅凍**（kian-tàng，**結凍**），累積在之前的陌生大便上，猶如疊疊層層的寶塔……以上，報告完畢。

個把禮拜的旅程，大地一片白茫茫很美，我們旅行團竟沒有遇到**落雪**（lo̍h-seh，**下雪**）。說失望也不失望，一路上**冷吱吱**（líng-ki-ki，**冷冰冰**），若無暖氣，衣物再多禦寒設備再齊全，依然會**咇咇掣**（phih-phih-tshuah，**冷到發抖**）。

壓軸的重頭戲到了，來到黑龍江省的哈爾濱市，氣溫陡降至零下三十度，**寒甲直直顫**（kuânn kah tit-tit tsùn，**冷到直發抖**）。遊覽車的暖氣完全不給力，入夜後行經昏暗荒涼的街道，最顯眼的是俄羅斯大教堂的洋蔥頭，終於來到此趟旅程目的地，舉辦冰雕節的公園。

我冷到快昏厥了，不想下車，不只是我，整團的人都受不了風寒，一個一個感冒發燒。

此時，看著六、七十歲的長輩毅然下車，我這南國的男孩怎能丟臉，與酷寒相抗，走入黑天暗地。只見樸拙造型的冰雕藝術品給俗豔的霓虹色照亮，我們在公園拍拍照片、溜溜冰滑梯，表示有來過名聞遐邇的哈爾濱冰雕節，在戶外待不到半小時，倉皇溜回車上。

零下三十度，我既感冒又凍傷地記得，這不是*涼（liâng），也非冷（líng）和寒（kuânn），低於凍（tàng）的結冰狀態，打破台語單音詞的最高級：⿰冫彥（gàn）。

超乎我個人的生命經驗，已經找不到詞可以形容了。

字詞整理

寒冷現象

寒人（kuânn--lâng）：**冬天**（tang-thinn）、**寒天**（kuânn-thinn）。

大寒（tuā-kuânn）：極冷、嚴寒。寒流。

禦寒衣物

膨紗衫（phòng-se-sann）：毛線衣。

頷巾（ām-kin/kun）：圍巾。

裘仔（hiû-á）：夾襖、棉襖。或泛稱**外套**（guā-thò）。

現象與活動

霜風（sng-hong）：冷風、寒風。

趨冰（tshu-ping）：溜冰。

堅凍（kian-tàng）：結凍。

落雪（lo̍h-seh）：下雪。

身體反應

畏寒（uì-kuânn）：怕冷。打冷顫。

交懍恂（ka-lún-sún）：身體因受驚、害怕或寒冷而發抖。

冷吱吱（líng-ki-ki）：冷冰冰。形容非常冷。

咇咇掣（phi̍h-phi̍h-tshuah）：因恐懼或寒冷而身體發抖。

寒甲直直顫（kuânn kah ti̍t-ti̍t tsùn）：冷到直發抖。

類義詞 寒冷程度。

涼（liâng）＜**冷**（líng）≒**寒**（kuânn）＜**凍**（tàng）＜**凊** gàn

北風與太陽再戰：形容炎熱程度

這一次，北風贏了。

眾所周知的寓言故事，北風與太陽打賭，看誰最有力量，誰就是大地的主宰者。

他們找了一位行人，古往今來最倒楣的替死鬼，比看誰能讓那人把大衣脫下，誰就贏。

北風先來，笨笨地狂吹，倒楣鬼不僅沒脫下大衣，還越穿越緊。眾所周知的結果，太陽只是放光明，人受不了**燒熱**（sio-juah，**炎熱**），就把大衣脫了下來。

按照物理定律，北風注定失敗，此事記錄在《伊索寓言》裡頭，北風被恥笑了千百年。

不甘永遠背負這辱名，北風再度找太陽挑戰。同樣的情況，那兒有位男子，穿著大衣正在趕路，看誰能讓他脫下大衣，誰就贏。

這次，北風讓太陽先來，還給三次機會。

上次打賭贏了之後，太陽驕傲了千百年，笑說北風真是個傻蛋，根本沒有勝算竟還要再挑戰一次。

太陽先不動用機會，連光熱都不用，就拉著北風離開，單單讓天空擠滿雲朵，整個天地非常**翕熱**（hip-jua̍h，**悶熱**），相當不舒服。

剛開始，男子不為所動，在**漚鬱熱**（àu-ut-jua̍h，**悶熱**）的天地繼續行走。牛刀小試沒用，太陽就現出真面目來，輕輕來**熇**（hannh），也就是透過熱氣讓男子感到炎熱。

男子額頭雖不斷冒出汗來，感到**喙焦**（tshuì-ta，**口渴**），卻絲毫沒有鬆開大衣的動作，反而將領口拉得更緊，人雖然**曝日**（pha̍k-jit，**曬太陽**），依然堅持在赤裸的大地上前行。

第一次機會，沒有成功，太陽不太高興。

太陽認真了，大放光明飆高熱度，讓整座大地**燒烘烘**（sio-hōng-hōng，**溫度很高**），讓那男了忍不住抬頭望天，眼看**大日**（tuā-ji̍t，**烈日**）如此刺眼，就低下頭繼續前行，還將大衣領口最上頭的那枚鈕釦，別了起來。

真是**赤焱焱**（tshiah-iānn-iānn，**炎熱**），地上的草開始凋黃，樹上的葉子紛紛枯萎，連石頭都冒出熱氣來，動物群體走避，躲進樹林裡頭，跳入水裡頭沖涼，天氣頓時轉**大熱**（tuā-jua̍h，**酷暑**）。

男子依然將全身包緊緊的，感到**刺疫**（tshiah-ia̍h，**刺癢**），額頭滴落的汗，像大雨下的屋簷，在他的圓頭皮鞋上打鼓。

這下子，太陽真的生氣了，動用最後一次機會，鼓動所有的能量，放射最強的亮度，陽光是如此地**猛**（mé，**旺盛強烈**），溫度飆高，大地彷彿著火，簡直是**火燒埔**（hué-sio-poo，**好似平原著火**）。

不僅是嚴酷，簡直是地獄，那位男子雙手抱胸，好似裡頭有什麼要保護的，再怎麼樣，就是不將大衣脫下來。

男子身體不自覺搖搖晃晃，頭一暈，雙腳一軟，癱倒在地上，恐怕是著

痧（tio̍h-sua，**中暑**）。

見男子昏厥在地，太陽發覺做得太過分，趕緊收斂起陽光，天地慢慢降溫。

「你輸了，」北風說。

「我還沒有輸，」倔強的太陽說：「你若沒讓他脫下大衣，我們算平手。再者，那男子的反應不合理，這麼熱他怎麼可能不脫衣服呢！這恐怕是你的詭計，你是否跟那男子事先串通好了？」

「我才沒有那麼卑鄙呢，看我來……」

北風撥了一下手指，有道風鑽進男子的大衣裡頭，把一張薄薄的東西吹了出來。男子自昏厥中驚醒，連忙站了起來，去追那張東西。此時，北風鼓起雙頰用力吹，那東西被吹得更高更遠，男子拔腿狂奔去追，見那東西越離越遠，連忙把大衣脫下，更加賣力去追。

「哈哈，我真的贏了，」北風吹了聲口哨，風轉弱，東西便飄了下來，男子趕緊搶下，揣在懷中。

「那是什麼東西？」太陽問。

「你認為呢？」北風反問。

「原來男子緊包大衣，就是要保護那東西，怕被別人看到……我猜，那不是寫給愛人的情書，就是重要的地契，難不成，是中了樂透大獎……無論如何，這都是安排好的詭計，這場比賽不公平，不算。」

「千百年前的寓言，寫說我北風輸給你太陽，才是真正的不公平，讓我千百年背負著辱名。這次，得輪到我來寫，我不僅要雪恥，還要讓故事不斷不斷地流傳下去。」

太陽張大了雙眼，看到那張東西上頭寫著密密麻麻的字，首段的第一句是：

這一次，北風贏了。

字詞整理

關於太陽

熇（hannh/hah）：被熱氣燙到。

曝日（pha̍k-ji̍t/li̍t）：曬太陽。

大日（tuā-ji̍t/li̍t）：烈日。

猛（mé）：旺盛而強烈的樣子。

形容炎熱

燒熱（sio-jua̍h/lua̍h）：炎熱。

翕熱（hip-jua̍h/lua̍h）：悶熱。

漚鬱熱（àu-ut-jua̍h/lua̍h）：悶熱。天氣熱，空氣不流通。

燒烘烘（sio-hōng-hōng）：溫度很高、很悶熱。

赤焱焱（tshiah-iānn-iānn）：炎熱。

大熱（tuā-jua̍h/lua̍h）：酷暑。

火燒埔（hué/hé-sio-poo）：炎熱乾燥的天氣，好像草原都要燒起來的樣子。

身體狀況

喙焦（tshuì-ta）：口渴。

刺疫（tshiah-ia̍h）：刺癢。不舒服、不愉快。

著痧（tio̍h-sua）：中暑。或說**熱著**（jua̍h/lua̍h--tio̍h）。

習性與癖好

天性懶散如何救？時間教你勤奮

什麼是**貧惰**（pîn-tuānn，**懶惰**）？簡單來說，就是**骨力**（kut-la̍t，**勤勞**）的相反詞。

從小，就常被我媽叨唸為懶惰蟲，幸好我成績還不錯，至少都保持在前幾名——但我好像也只會唸書，相對於我的超人媽媽，除了操持家務，還跟我爸忙於經營工廠，更要處理複雜的人情世故與金錢借貸，真的是超級**無閒**（bô-îng，**忙碌**）。

超乎常理的是，竟還可保持一塵不染，我家工廠恐怕是方圓數里內最乾淨的。

這樣的女性，舊觀念常被一字定義為：**勥**（khiàng，**能幹**）。但我不這麼認為，這純粹是我母親的本能發揮，伊人就是**清氣相**（tshing-khì-siùnn，**愛乾淨**）。

但她卻生了個孩子個性**荏懶**（lám-nuā，**邋遢**），在轉大人之前，不是在田野走跳，要不就沉迷於電動，都不會幫忙家裡頭。不像我國小同班的女生，回到家都要洗衣煮飯，照顧弟弟妹妹，哎呀，阿聰我真是**閒仙仙**（îng-sian-sian，**閒閒沒事**）。

到了高中，我依然**脫線**（thuat-suànn，**個性散漫**），做事不長眼，違犯校規，在不良場所打電動被教官捉到，人生的路陡然轉彎，成了文藝青年（請讀順聽的小說《晃遊地》），成天在書海浮沉。我這個不孝子，那更不會幫媽媽的忙了，一副憂鬱的模樣就把諸般責任推開，真的是*****激外外**（kik-guā-guā），置身事外。

也沒認真讀聯考要考的課內書，讀完課外書就在那兒**懶屍**（lán-si，**懶洋洋**），徬徨少年時，不知未來要做什麼……凡離開師長學校的勢力範圍，就四處晃遊，茫然不知所終，真的是**無攬無拈**（bô-lám-bô-ne，**無精打采**）。

是有想過要**綿精**（mî-tsinn，**鍥而不捨**），其實是被異性的賀爾蒙所吸引，想追求又怕受傷害。有時發奮要把磚頭書讀完，《紅樓夢》與《白鯨記》，讀是讀完了，似懂非懂。

我這無賴的行為，最終遭到了報應。

不在於就業賺錢、結婚生子，畢竟那是我心甘情願且可控制的。無法控制的是歲月，就算想要怠惰一下，責任心與愧疚感讓我無法推託，是以從早到晚**走傱**（tsáu-tsông，**奔波忙碌**）。

爸媽打電話來說身體不適，心中會擔憂，奔波百公里遠回家噓寒問暖，甚至要到冰冷的醫院經歷那漫長的等待。年輕時特討厭孝道這道枷鎖，成年後卻自願背在身上。

同時，孩子還小得接送上下課（其實都是太太在跑），在學校怕被同學霸凌，又怕吃不壯長不高。親友關心總回說健康就好成績不重要，其實盯得超級緊。想放手卻擔心出意外，不放手肯定成為直升機父母，與媽寶怒目相對，連惡的距離都保持不了，真的應驗了這句俗語：

手抱孩兒，才知爸母時。

Tshiú phō hâi-jî, tsiah tsai pē-bú sî.

養兒才知父母恩。

講著講著阿聰好似成了孝順的兒子兼盡責之父親，宛然聖人模式……但我還是我，本性依然無恥，無恥到會一個人去旅行，拋家棄子推開工作與責任，在國外任性流浪，放自己**清閒**（tshing-îng，**閒散**）。

最放鬆時，是旅程的首晚。有次住在迷宮般的梅西車站旁，大阪的交通中心嘈雜紛亂，我鬧中取靜，就在我泡過浴缸到居酒屋喝醉後回到飯店、正要享受那無責無任、無憂無慮的睡眠時……

家裡的跨洋電話就來了。

其實也沒有什麼事，只是關心一下。

%$＊早知道就不要開機，人要無恥，就要無恥到底。

字詞整理

懶惰的那一邊

貧惰（pîn/pûn/pân/pān-tuānn）：懶惰。

荏懶（lám-nuā）：形容人懶惰成性，骯髒邋遢。

閒仙仙（îng-sian-sian）：形容人閒著沒事幹。

脫線（thuat-suànn）：罵人個性散漫，做事不積極。

懶屍（lán-si）：懶洋洋。倦怠、無精打采的樣子。

無攬無拈（bô-lám-bô-ne）：無精打采、沒精神。

清閒（tshing-îng）：悠閒、閒散。

勤奮的那一邊

骨力（kut-la̍t）：勤勞。就是**拍拚**（phah-piànn）。

無閒（bô-îng）：忙碌，沒空。

勥（khiàng）：人精明能幹的樣子，帶點負面意思。

清氣相（tshing-khì-siùnn）：愛乾淨，有潔癖。

綿精（mî-tsinn）：鍥而不捨、汲汲營營。

走傱（tsáu-tsông）：奔波忙碌。

類義詞 置身事外，裝傻，漠不關己。

激外外（kik-guā-guā）= **激放放**（kik-hòng-hòng）= **激戇戇**（kik-gōng-gōng）= **激散散**（kik-suànn-suànn）= **激怐怐**（kik-khòo-khòo）。

抓癢呵欠伸懶腰：還很會挖鼻孔

有些事情知道了對人生沒有幫助，有些動作做了之後對人生也沒有幫助，有些時間浪費了之後對人生……好像有幫助，好像又沒有幫助，就像坐在家裡頭無聊看電視，成為沙發馬鈴薯（couch potato）。

長輩很愛囉唆，說人生有三境界，但到底是那三層？想記卻記不起來。其實什麼都不用記，什麼事都不必做，當個廢人鬆鬆垮垮的，人生三境界就此達成：

境界一 **曲跤撚喙鬚**。

Khiau-kha lián tshuì-tshiu.

高蹺著腳把鬍子捻捻，十分悠閒的樣子。

這還算是心情不錯的，可以享受享受清閒。發懶的功能在於廢棄能量釋放，打開電視隨便看看，自然而然就想通一通身體的孔隙。

通常是**鼻空**（phīnn-khang，**鼻孔**），挖一挖頗為療癒，反正沒其他的人看到，不怕丟臉沒關係。

再來是**耳空**（hīnn-khang，**耳孔**），徒手是可以啦但挖不太進去，起身去拿**棉仔枝**（mî-á-ki，**棉花棒**），挖進去比較深入，癢中帶爽。

順便拿點零食，怎麼挑都是垃圾食物，**喙空**（tshuì-khang，**口腔**）動一動，發出那愉悅的喀滋聲響。感覺牙齒卡了點東西，抽了根**齒戳仔**（khí-thok-á，**牙籤**），邊看電視邊剔牙，這樣無意識的動作會持續很久，就是停不下來，nonstop。

人身上還有很多孔洞的，例如**肚臍**（tōo-tsâi，**肚臍眼**），醫生建議最好不要挖。至於最底下的是屁股壓著的那個**糞口**（pùn-kháu，**肛門**），嗯，不好說。

境界二 **掠蝨母相咬。**

Lia̍h sat-bó/bú sio kā.

捉蝨子來互咬，真的是閒到受不了。

到了這個境界，表示這粒沙發馬鈴薯連電視都看得很煩了，人生到達極度無聊的境界，也不知道要幹嘛，隨手**扒癢**（pê-tsiūnn，**搔癢**），也不是過敏也不是不舒服，就純粹想抓一下，連去拿支**抓耙仔**（jiàu-pê-á，**搔背爬**）都懶。

在這樣的狀態，保養、清潔以及拿工具的意願盡失，就是發呆與懶。就算家人跑來刻意捉弄，要給你**擽呧**（ngiau-ti，**搔癢**），你連受不了呵呵笑的反應都麻痺了，就是躺在那兒，像隻趴趴熊。

人老了，消化系統漸漸會不良，東西下肚沒多久，**拍呃**（phah-eh，**打嗝**），持續了很久帶濃厚的酸氣，這還好。胃真的不舒服，就會**呼噎仔**（khoo-uh-á，**連續打嗝**），真的是不好受，得要拚命灌水才能止住。

家人又受不了囉，跑來唸個幾句說：懶成那樣，乾脆在你脖子掛大餅，連動手都不必，嘴巴動動吃吃就可以睡了。

說句真心話，這樣也不錯。

境界三 坐咧就哈唏，倒咧睏袂去。

Tsē leh tō hah-hì, tó leh khùn bē/buē khì.

坐著就頻打呵欠，躺下要睡反而睡不著。

人生達至此境界，恭喜你，不會再有人以上對下指責你，轉眼間你已是等級最高的長輩囉。

坐在沙發上茫然望著閃爍的電視螢幕，不知不覺就**哈唏**（hah-hì，**打呵欠**），像河馬張嘴那樣，又大又長的，還會跟著流**目油**（ba̍k-iû，**眼油**），這中間必定會摻雜著**伸勻**（tshun-ûn，**伸懶腰**），如此反覆動作著。

於是人就躺了下去，奇怪了完全符合廣告詞所說，雖說該睡了也很疲累，躺下去就是睡不著。

廣告詞講得好準好順，對著他人說往事，不斷重複乏味的言語，卻連鬼打牆的對象都沒有，好悲傷……於是消化系統就提醒排泄系統，該動一動了。
有個孔洞得要通一通，是氣體，嗯，不好說。

字詞整理

身體的孔竅

鼻空（phīnn-khang）：鼻孔。

耳空（hīnn/hī-khang）：耳孔、耳朵。

喙空（tshuì-khang）：口腔、嘴巴。

肚臍（tōo-tsâi）：肚臍眼。

糞口（pùn-kháu）：肛門。又稱**尻川口**（kha-tshng-kháu）。

清潔小用具

棉仔枝（mî-á-ki）：棉花棒。

齒戳仔（khí-thok-á）：牙籤。

抓耙仔（jiàu/liàu/giàu-pê-á）：搔背爬。

無聊小動作

扒癢（pê-tsiūnn/tsiōnn）：搔癢，抓癢。

擽呧（ngiau/iau-ti）：用手指搔人腋下或腰部使人發癢。

拍呃（phah-eh）：打嗝、打飽嗝。

呼噎仔（khoo-uh-á）：連續打嗝、打氣嗝。

哈唏（hah-hì）：打呵欠。

目油（bak̍-iû）：眼油。

伸勻（tshun-ûn）：伸懶腰。

夜半蚊子最可惡：看我一招斃命

蠓仔（báng-á，**蚊子**）擾人清夢，會激發家人的各種本能。首先，將臥房的燈火全開，也打開了觀察力，素色的牆面或燈光底下，最易襯出黑色的蹤影，大女兒耳聰目明，往往最快發現——說時遲那時快，太太迅捷**拍蠓仔**（phah báng-á），施展凌厲的無影手，往死處打去。**一必一中**（it-pit-it-tiòng，**準確命中**）很難，總要多打個幾次，甚至曠日費時，才能將這擾夢者擒捉，殘屍在手，化為一抹血痕。

而阿聰我呢？不管太太女兒殺得如何激烈，我充分發揮人類的佛系本能，繼續睡下去。

以往單身獨居時，遇到蚊子大軍，我總是運用懶人法，將全身包得緊緊的，只露出耳朵——這不僅是引誘，更是監聽，隨著蚊子飛近，嗚音會越來越響，我一個巴掌過來，摑自己的耳朵同時去打蚊子，打到嗚音不再響起，表示蚊子死了，這是我的甕中捉鱉法。

然而，隔天一早，還是會聽到女兒的哀叫：

我予蠓仔叮一*噗。

Guá hōo báng-á tìng tsi̍t phok.

我被蚊子叮了一個包。

在家裡事小，去外頭公園遊玩，蚊害最嚴重。孩子在溜滑梯上下爬行，只是休息一下喝口水，我得要在旁**拌蠓仔**（puānn báng-á，**趕蚊子**），稍有疏失，孩子的腳就會變成紅豆冰。

有次，隔壁坐了位美國來的女子，用英文跟我們攀談，說來台灣這麼多年，最困擾的就是蚊子。

我疑惑，難道美國沒有 mosquito？

她回答說：美國的蚊子都很大隻，叮下去像被針刺，很容易發現的。不像台灣蚊狡猾得很，等手腳發癢去撥抓時，已經好幾個包了，尤其是那種黑黑很小隻的，特別癢特別嚴重。

美國女子說的是**烏蠓**（oo-bui，**台灣鋏蠓**），黑芝麻般散點攻擊，來無影去無蹤，猶如忍者，叮人於無形。不似**厝蠓仔**（tshù-báng-á，**家蚊**），比較有個武士模樣，直來直往，空中對決大丈夫。

早期農村社會就地取材，抓一束艾草點火燃燒，穿前繞後用煙來燻走蚊蟲。入夜就寢時，展開且懸吊**蠓罩**（báng-tà，**蚊帳**），鞏固夢的堡壘。慈悲的道士與和尚，隨手拿著**蠓捽仔**（báng-sut-á，**拂塵**），這是種不殺生的佛系。

隨著時代演進，報紙與電視廣告出現了**蠓仔香**（báng-á-hiunn，**蚊香**），一到傍晚，家家戶戶點燃那漩渦狀的綠線條，也將晚飯的味道與回憶裹捲擁抱。

現代人多居住於公寓大樓，雖是銅牆鐵壁，蚊子依然橫行無阻。科技進化，讓**蠓仔水**（báng-á-tsuí，**殺蟲劑**）隆重上市，只消將那長長的噴嘴揚起，這邊噴噴那邊噴，將那討厭的小生物消滅。但同時，室內也會傳來沖鼻的化學味，簡直進入毒氣室。

時不時，聽聞巷子口傳來的廣播聲：換**網仔窗**（bāng-á-thang），換**網仔門**（bāng-á-mn̂g），換玻璃……紗窗與紗門也是防蚊用具啊！

設若阿聰我是從蚊香跨入殺蟲劑的世代，女兒們出生後，是被防蚊液預先保護的世代。凡要去發草長樹有水澤的戶外，太太必定塗好塗滿，用清涼又不刺鼻的神液護體。

想一想，在家裡頭，很少人在塗防蚊液的，若蚊子出沒，二十一世紀家庭，會怎麼動作呢？

猶記得二〇二一年全台瘋東京奧運，和女兒看戴資穎一關一關打進冠軍賽，緊張到心臟都快跳出來了。某場某回合，羽毛球攻防正激烈時，戴資穎竟然衝出了場外——我解釋道，戴資穎球拍的線斷了，緊急要到邊線外的休息區拿備用的，幸好對方回擊失敗，我們小戴贏了這一球。

此時，小女兒竟說：可以去拿電蚊拍啊！

沒被蚊子擊倒的我，這次真的被打敗了。

字詞整理

蚊子的種類

蠓仔（báng-á）：蚊子的泛稱。

烏蠘（oo-bui）：台灣鋏蠓。

＃**厝蠓仔**（tshù-báng-á），家蚊。

驅蚊的手法

拍蠓仔（phah báng-á）：打蚊子。

一必一中（it-pit-it-tiòng）：準確命中。

拌蠓仔（puānn báng-á）：趕蚊子。

驅蚊與防蚊的用具

蠓罩（báng-tà）：蚊帳。

蠓捽仔（báng-sut-á）：狀似拂塵的驅蚊用具。

蠓仔香（báng-á-hiunn/hionn）：蚊香。又稱**蠓仔薰**（báng-á-hun）。

蠓仔水（báng-á-tsuí）：殺蟲劑。

網仔窗（bāng-á-thang）：**紗窗**（se/sua-thang）。

網仔門（bāng-á-mn̂g）：**紗門**（se/sua-thang）。

類義詞 被叮膿包的量詞。

噗（phok）、**瘤**（luî/lui/luí）、**丸**（uân）、**粒**（lia̍p）、**葩**（pha）、mai、bong、lu、bok……

這些鬼無所不在：很可惡很可愛

他們不是真正的鬼，有時候卻比鬼還可怕，常常**變鬼變怪**（pìnn-kuí-pìnn-kuài，**搞鬼**），裝模作樣要嚇唬你。或趁你熟睡時，突然跳到你身上，就是要你不得安眠。

有時候，你根本就看不到他們，也不知跑到哪裡去了，猛然一聲，啊呀！我的**耳空鬼仔**（hīnn-khang-kuí-á，**鼓膜**），快要被他們的尖叫聲震破囉！等你要前去制止，卻又消失不見，四處去找還是沒有蹤影。原來，他們躲到門板後頭，隱身成**揹壁鬼**（mooh-piah-kuí，**嚇人鬼**），沿著牆壁而行，趁你沒發現時，突然大吼一聲，換你的心臟差點破掉。

在萬聖節這西洋的節目，他們比較容易被發現，因大剌剌戴上**小鬼仔殼**

（siáu-kuí-á-khak，**面具**），嚇人不成卻伸手要禮物。殊不知，保護費早就交給安親班與幼兒園，否則服裝與道具的經費怎麼來的？

錢像殭屍會咬人，這個比較可怕。

用餐時間一到，簡直是七月普渡首日大開**鬼門關**（kuí-mn̂g-kuan），餓鬼那般將桌上所有可食用的東西，一掃而盡。不是每一頓餐最終都會有美好結局，吃到一半，他們會變身成垃圾鬼（lah-sap-kuí，**骯髒鬼**），飯粒掉滿桌，三明治的肉鬆撒到天邊，桌子底下都是菠蘿麵包的碎屑，手指沾滿番茄醬還一根一根吸吮，臉成了大花貓。

這是恐怖片，他們是**癩瘍鬼**（thái-ko-kuí，**骯髒的人**）。

開始入學進校門讀書後，他們會變得很**鬼精**（kuí-tsiann，**鬼靈精怪**），問你一些你不知如何回答的問題。可不是跟老師學的，而是同學流傳的笑話，飲料封膜上的腦筋急轉彎，以及自己的發明。例如：

Q：**獅仔是森林之王，為何阿飄毋驚？**

A：**因為阿飄聽的，是天頂的人的話。**

究竟是笑話？還是鬼故事呢？我實在不懂。

整天**鬼頭鬼腦**（kuí-thâu-kuí-náu，**動歪腦筋**），貪看漫畫或沉迷手機都還好。有意或無意做壞事情，翻倒水、亂玩火，把爸爸的電腦搞壞，將媽媽的衣服搞髒，這些都還好。最怕他們**騙鬼**（phiàn-kuí，**欺騙**），說謊話，不誠實，永遠的孩子性，長大後還在跟你鬼捉人，讓你的心永不得安寧。

阿公阿媽這些長輩就愛他們看起來端莊整齊，**鬖毛鬼**（sàm-mn̂g-kuí，**披頭散髮**）的樣子若被發現，換爸媽被唸半天，會說我們又不是**散鬼**（sàn-kuí，**窮鬼**），又不是沒有錢整理儀容啊！這是我的孫子呢！要很有朝氣的樣子！（其實是愛面子怕被其他親友取笑）。

面對小鬼，父母通常是一個扮白臉、一個裝黑臉，軟硬兼施，才治得了群鬼。但萬能且純潔的媽媽啊！有時被迫要做**雙面刀鬼**（siang-bīn-to-kuí，**雙面人**），本來正在溫言勸解，下一刻暴怒為閻羅王，卻看到孩子珠淚滴滴落，內心不捨抱抱慈悲為媽祖婆。

表面上這邊嫌、那邊罵，買玩具時卻不手軟，能給的都給了，恨不能將肚子間的肥油也騰出去。跟朋友聊天時離不開兒女經與煩惱經，卻成天在網路上寫抱怨文，把他們比喻成**魔鬼**（môo-kuí）。

他們活生生就在你面前，每天每天，比鬼的行蹤還不定，比人還真實生動。

都是你最愛的寶貝，最最親愛的孩子。

字詞整理

鬼的相關用詞

變鬼變怪（pìnn-kuí-pìnn-kuài）：搞鬼、耍花招、故弄玄虛。

耳空鬼仔（hīnn/hī-khang-kuí-á）：鼓膜。

小鬼仔殼（siáu-kuí-á-khak）：面具。

鬼門關（kuí-mn̂g-kuan）：傳說中人鬼兩隔，陰陽交界的關口。

鬼精（kuí-tsiann）：滑頭、聰明，鬼靈精怪。

鬼頭鬼腦（kuí-thâu-kuí-náu）：形容一個人一天到晚動歪腦筋，想些不正經的點子。

騙鬼（phiàn-kuí）：欺騙、唬人。

用鬼來形容人

揹壁鬼（mooh-piah-kuí）：指人像是緊靠牆壁行走的鬼，突然出現，使人嚇一跳。

垃圾鬼（lah-sap-kuí）：骯髒鬼。或罵人骯髒或下流。

癩痀鬼（thái-ko-kuí）：不愛乾淨、骯髒的人。

鬖毛鬼（sàm-mn̂g-kuí）：指披頭散髮的人。

散鬼（sàn-kuí）：窮鬼、窮光蛋。

雙面刀鬼（siang-bīn-to-kuí）：雙面人。

魔鬼（môo-kuí）：迷惑人、陷害人的妖魔鬼怪。

這些神無所不在：堅持走這條路

曾在空中主持廣播節目，邀請各方作家來談文學。來賓大都提早到，難免有人遲到，這位小說家，也才耽誤個幾分鐘，就頻頻跟我道歉。他說臨出門前慌慌張張、忘東忘西的，問我這句話台語怎麼說：

一時無頭神（bô-thâu-sîn，**糊塗健忘**）。

我這樣回答，讓沉穩紳派的他，眼神閃耀驚喜：

阮爸嘛按呢講咧。（**我爸也這麼說啊**）

能和長輩的台語程度等齊，讓我暗自竊喜。

小說家的台語相當好，只是一時忘了這句話怎麼說，人啊難免會丟失**心神**（sim-sîn，**精神**），尤其是趕著出門匆匆忙忙的，**神魂**（sîn-hûn，**魂魄**）不知丟到哪裡去了。

稍稍寒暄一下，我們開始進行訪問錄音。小說家回憶起讀大學時，熱中於小說創作，還曾得過全國性的文學獎。就跟許多文青一樣，踏入社會後，為了工作與家庭，不得已將文字的純粹精神性轉為實用性功能，跑新聞、寫報導，擔任大報社的藝文組主任。

創作停了十多年，已是三個孩子的爸，竟能重拾小說之筆，一出手就是壯闊的長篇小說，在廣播的空中世界暢談，小說家實在**有神**（ū-sîn，**很有神采**）。

話題轉到其出身背景，祖父是礦場的老闆，可說是相當**風神**（hong-sîn，**威風**）。孰料投資失敗、不幸破產，在那最悲慘的低谷結束生命，那一刻，小說家尚在襁褓之中，在現場。

話到此，我人*__踅神__（se̍h-sîn，__出神__），差點忘了主持這回事。錄音進行得有點傷心，那先暫停，喝口水上個廁所，等一下再來談其以神聖仰慕情懷創作而成的長篇小說。

這空隙，我回想起訪問前一個禮拜，**費神**（huì-sîn，**花費精神**）閱讀這本長篇小說，那迷離充滿魅力的描寫，讓人好似走進山林之中，感受到大地之母的幽謐溫暖，一直到半夜三點才關燈睡覺。

醒來後，我去搭高鐵南下出差，先在車站吃午餐，陪同的太太突然發現，我身上怎麼一堆頭皮屑，在深色的T恤之上好似落下雪來，怎麼撥都撥不乾淨，一直撥一直落雪。

我本來就會掉頭皮屑，不以為意。跟太太道別後，走在台北車站那盤曲如沙穴的地下通道中，手機響起，是媽媽，說久病的堂哥遽逝，死狀令人不忍。

那趟南下竟成了回鄉弔祭之旅。

回到北部，回到訪問的現場，回到平日我對人展現的**巧神**（khiáu-sîn，**伶俐**），可不能因私事影響工作。身為一位主持人，得要**大面神**（tuā-bīn-sîn，**厚臉皮**），畏畏縮縮的**小面神**（sió-bīn-sîn，**害羞**），無法撐起場面。

面對來賓，該有的應對進退得要保持，展開**好笑神**（hó-tshiò-sîn，**面帶笑容**），才能在廣播空中談笑風生，放送給聽眾們欣賞，聆聽這場精采的訪問。無論如何，我都要保持那樣的**老神在在**（lāu-sîn-tsāi-tsāi，**氣定神閒**）——就算心事重重，就算我被小說的氛圍捲入，在迷霧山林中悲傷狂奔，茫然失去了方向。

訪問結束後，我再度南下回鄉，參加堂哥的出殯儀式，一路送到了火葬場。在車上，大家哭到無力，淚水淹沒了送別的旅程，就在此時，我從堂嫂的口中，聽到其生前留下的最後的遺囑：

這條路，一定愛行落去。

人間必定有的死亡，很無情很殘忍，神明也愛莫能助。人類啊得要靠自己，不能放棄，不能失去方向，不能頹廢喪志，堅持生存的意念與方向：

這條路，一定要走下去。

字詞整理

無頭神（bô-thâu-sîn）：健忘、沒記性。

心神（sim-sîn）：精神、心力。

神魂（sîn-hûn）：人的精神、魂魄。

有神（ū-sîn）：形容有神采、精神飽滿。

風神（hong-sîn）：炫耀、愛現。威風、神氣。

費神（huì-sîn）：花費精神。

巧神（khiáu-sîn）：伶俐、靈巧，機靈可愛的樣子。

大面神（tuā-bīn-sîn）：厚臉皮。不知羞恥的樣子。

#**小面神**（sió-bīn-sîn）：害羞，不大方。

好笑神（hó-tshiò-sîn）：形容人神態愉悅，經常面帶笑容。

老神在在（lāu-sîn-tsāi-tsāi）：氣定神閒、處之泰然。

類義詞 出神，神情恍惚，魂不守舍。

𧿬神（se̍h-sîn）＝**失神**（sit-sîn）＝**神去**（sîn--khì）＝**神神**（sîn-sîn）＝**戇神**（gōng-sîn）。

情緒與心理

高興歡喜的心情：每天都笑嘻嘻

學校讀書的過程中，課業上的苦惱相當多，在國小最先遇到的，往往是「作文」。

我家大女兒也不例外，老師出作業剛開始要寫時，總要折磨個老半天。直至高年級，詞彙增加書也讀了不少，漸漸能得心應手，但難免還是有苦惱。

某次，她踏進我書房，問正在筆耕的阿爸說：每次作文要描寫「高興」，用的形容詞都相同，有沒有其他的？

女兒向來都問媽媽，此番竟登門問阿爸，歡欣雀躍的我，真是喜不自勝，這件額手稱慶令人載欣載奔的事，讓我**笑哈哈**（tshiò-hai-hai，**哈哈笑**）。

此時，讀中文系又是作家的我，開始苦惱……形容詞不能太庸俗，又不可太深僻，如何高興？怎樣開心？這樣兜了好大圈，靈光一現：

你就講心花開啊！

知道我在**講笑詼**（kóng-tshiò-khue，**打諢**），大女兒還是忍不住翻白眼，額頭三條線。

好啦！好啦！爸爸正經點認真舉例說明：我跟你現在一樣讀國小時，想到要去畢業旅行，前一晚就失眠睡不著，因為太**歡喜**（huann-hí，**高興**）。以往的鄉下既安靜又無聊，唯有神明慶典時才熱鬧滾滾，有布袋戲還滿滿是可吃可玩的攤位，真是**樂暢**（lo̍k-thiòng，**愉快**）。台灣島有條北回歸線穿過，天氣炎熱令人受不了，這時就要來吃碗冰透心涼，**爽快**（sóng-khuài，**開心**）。一年之中最棒的季節無疑是秋天，清涼的風吹來，真**四序**（sù-sī，**舒服**），多麼希望秋天不要走、冬天不要來……

女兒就杵在那兒，成為一根荒島電線桿。

見情況不對我停止滔滔大論，女兒就自己拉電線來跟我通話，說這是學校的華語作文，不是台語課，別再**滾耍笑**（kún-sńg-tshiò，**開玩笑**）啦！

我人可是很正經的，但我家總是不正經，好吧，就來出絕招。

若要寫高興歡欣的事，我們可以用非常文學的高招，描述那種雨要來之前、土壤中有氣味傳來的**向望**（ǹg-bāng，**盼望**），是人生中的最愉悅，那樣昂揚充滿期待的感覺，就像秋天的風，台語有個很棒的詞：**秋清**（tshiu-tshìn，**涼爽**）。

女兒轉身就走，太太知道我又沒有說人話了，也就是沒就事論事，言不及義，讓孩子聽不懂。

還是媽媽懂，兩三句話就讓孩子找到形容詞，化苦惱為**笑容**（tshiò-iông），作文刷刷刷就完成囉。

學習的苦惱，此時轉場到小女兒身上。話說老師在學校教一個詞叫什麼「文豪」的，不知道是什麼意思？

我隨即跳出書房，對著小女兒**笑微微**（tshiò-bi-bi，**笑嘻嘻**），她還是搖搖頭說不懂，太太索性用英文解釋，文豪就是famous writer，意思是著名的、寫作成就很高的作家。

此時，我舉起手用手指拚命比我自己，女兒們毫無反應。真是苦惱啊！一位文豪活生生在她們面前，都沒有反應。就像英文老師視訊上課時跟女兒們對話唸讀的這組例句：

Teacher: Have you ever met a famous writer?

老師：你遇過大文豪嗎？

Girl: Never.

女兒：從不。

太太專程跟我轉述這件事，想大笑又怕傷害文豪，只好**文文仔笑**（bûn-bûn-á-tshiò，**淺笑**）。

人生苦惱多，高興就好，遇到女兒不認識爸爸這位文豪，我只能將這苦惱吞下，當作是*__笑詼__（tshiò-khue，**笑話**），苦苦地笑囉。

字詞整理

高興與期望

歡喜（huann-hí）：高興，愉快，喜歡。

樂暢（lo̍k/lio̍k-thiòng）：歡喜，愉快。

爽快（sóng-khuài）：開心，愉快，神清氣爽。

四序（sù-sī）：舒服，妥當。

向望（ǹg-bāng）：盼望，希望，期望。

秋凊（tshiu-tshìn）：清涼舒爽。

笑與玩笑

笑咍咍（tshiò-hai-hai）：哈哈笑。

講笑詼（kóng-tshiò-khue/khe）：打諢、逗笑、講笑話。或說**講笑**（kóng-tshiò）。

滾耍笑（kún-sńg-tshiò）：開玩笑。

笑容（tshiò-iông）：笑嘻嘻的面容、含笑的面容。

笑微微（tshiò-bi-bi）：笑咪咪。

文文仔笑（bûn-bûn-á-tshiò）：微笑、淺笑。

類義詞 笑話，笑料，玩笑。

笑話（tshiò-uē）＝**笑談**（tshiàu-tâm）＝**笑詼**（tshiò-khue/khe）＝**詼諧**（khue-hâi）＝**五仁**（ngóo-jîn/lîn）。

易於憂愁的個性：巨蟹座解悶法

我不信星座，更別說研究，在交際應酬場合，總是會被問：「你什麼星座的？」

就算故弄玄虛要對方猜，我這隻巨蟹很快就會被揪出來，對方總如此反應：你很戀家喔！又敏感又執著，**性地**（sìng-tē，**脾氣**）真好。

這樣的剖析千篇一律，好似錄音帶重複播放……是啦是啦，我真的很愛吃，興趣多元，容易沉迷，重視家庭關係，對人溫柔體貼，暖男一枚。

雖說我不信星座，說準也真的很準，巨蟹座的**性格**（sìng-keh，**性情**），會固守在某個領域，投注無比熱情，相當適合從事藝術人文工作，尤其是出版與寫作。

話說我第一份差事，乃最早出版台灣史編年的雜誌，社會新鮮人剛工作沒幾天，主編調查發現，辦公室十人上下，過半為巨蟹座。

果然是固守領域的星座，這工作只保證前三個月的薪水，此後老闆要你自己想辦法，這隻巨蟹竟還窩在辦公室，半年後才辭職，個性真**溫馴**（un-sûn，**溫順**）。

巨蟹座爬行的場域，總盈溢著一股暖流，巨蟹人真的**好鬥陣**（hó-tàu-tīn，**好相處**），常因顧慮團體的和諧，忘了為自己設想，好好來**消敨**（siau-tháu，**紓解**）。壓抑情緒，內心有話不說，該爭取的不去爭取，最終吶喊台語名曲〈追追追〉：

厭氣（iàn-khì）**啦**！

此詞正中巨蟹座的性格弱點：首先，這是種**齷齪**（ak-tsak，**煩躁**），感到不舒服、不順暢。巨蟹座的外在適應力還不錯，所以這樣的毛躁，通常是自己的問題，源於內在的根本性的**鬱卒**（ut-tsut，**憂鬱**）。

人感到不愉快，陷入情緒的困擾，事發多端，巨蟹座的我就是敏感，善於觀察，一動一靜都很小心。且不限於眼前所見，想到往事容易傷感，具備超強的直覺與預感，對於即將到來的未來，總感**掛心**（khuà-sim，**擔心**）。

那是種悶悶不樂，糾結於排解不開的情緒，找不到癥結，就像籠中鳥，真的是*****憂結結**（iu-kat-kat，**愁眉苦臉**）。

如此探尋的過程，恰是藝術展開的深沉歷程，尤其是寫作。我曾統計百多年來諾貝爾文學獎得主的星座，巨蟹高居前三名，果然是個性的順勢與符應。

就我自己的一般常態，憂愁並不會持續太久，總是一下子困住、一下子解開，困住又解開，反覆循環……無論如何，這都需要一段歷程來探尋與**排解**（pâi-kái，**排遣**），且得借助多樣且複雜的手段，這就是巨蟹座興趣為何如此多元，藉由沉溺以掙脫心理的困境，好來**解愁**（kái-tshiû，**消除憂愁**）。

以上講了這麼多，好像阿聰我成了星座專家，卻在文章最開頭，又說我不信星座——乃因當初在追求女友時，想當然耳去查星座——大家都知道巨蟹座最重視家庭，人生的核心當然是另一半——她是射手座，不知翻閱多少本星座書，都說巨蟹座與射手座不合。

最終，她成了我的牽手，相處還算愉快。雖說家庭生活難免受傷，時不時要暫離去吃大餐、小旅行，**去傷解鬱**（khì-siong-kái-ut，**療癒一下**），但巨蟹爸爸還是很享受成天浸在家裡被太太女兒慘電到毫無地位的境地。

星座不必盡信，參考參考就好！要信的是你內心真正的感覺，要看清楚的，是你真真確確的個性。

字詞整理

人的個性

性地（sìng-tē/tuē）：脾氣、性情。

性格（sìng-keh）：性情品格。或指個性鮮明。

溫馴（un-sûn）：溫順、溫和。

好鬥陣（hó-tàu-tīn）：個性好，容易相處。

負面情緒

厭氣（iàn-khì）：怨嘆、不平的情緒。

齷齪（ak-tsak）：煩躁、心情鬱悶。

鬱卒（ut-tsut）：憂鬱，心中愁悶不暢快。

掛心（khuà/kuà-sim）：操心、擔心。

排解情緒

消敨（siau-tháu）：抒解情緒、壓力等。

排解（pâi-kái）：排遣。

解愁（kái-tshiû）：消除憂愁。

去傷解鬱（khì-siong-kái-ut）：解除受內外傷而產生的血氣鬱結。

類義詞 愁眉苦臉，神色憂傷愁苦。

憂結結（iu-kat-kat）＝**面憂面結**（bīn-iu-bīn-kat）＝**憂頭苦面**（iu-thâu-khóo-bīn）＝**憂頭結面**（iu-thâu-kat-bīn）。

氣氣氣氣氣氣：不爽吵架捉狂

對於我這種個性溫和的巨蟹座來說，**冤家**（uan-ke，**爭吵**）這件事，就像恐龍化石藏得很深很深，我啊！偏愛這世界和諧美好，衝突能避免就避免。因為很少**受氣**（siū-khì，**生氣**），情緒的水平比較穩定，反而打開了觀察機關，善於感受外在之風雲變化，對環境的動態相當敏感。

也就是，他人身上一有**風火**（hong-hué，**怒氣**），很快就會偵測到。比較輕微的個人因素有天氣變化，身體不適，運氣不好，傷春悲秋，更怕媽寶及大小姐脾氣，隨時就會**火大**（hué-tuā，**怒火大**）。

若是人類群體的糾結，那就比較複雜了：爭權奪利，爭風吃醋，利益衝突，世仇積怨，意見不合，被人陷害或是陷害他人被發現引起的：「**見笑轉**

受氣（Kiàn-siàu tńg siū-khì）。」

在爆粗口或大打出手之前，我偏愛去捕捉那微妙的**心火**（sim-hué，**怒氣**），不只是憑藉著表情與動作，而是直觀地感受那一觸即發的微妙氛圍。此事很奇怪，人若有**火氣**（hué-khì，**心中怒氣**），空氣就會凝結，好似每顆原子都綁上炸彈，微細到看不到，卻明顯聞到火藥味，隨時會爆發、**掠狂**（liàh-kông，**抓狂**）。

但台灣人就是虛偽、矯情，從小到大被傳統文化與教育系統馴化，在團體中若是**起毛穲**（khí-moo bái，**不爽**），大多不直接作聲表達，而是用各式曲折的暗示、客氣的用詞，以及特有的動作來表示，到最後就是悶在肚皮裡頭**吞忍**（thun-lún，**隱忍**）。

無論如何，就是不點燃火藥，這樣悶悶悶到最後，無論是對方、關係人甚至自己，都不知道在生氣什麼的？真的是**氣身惱命**（khì-sin-lóo-miā，**氣憤填膺**）。這也是和朋友聊台灣社會聊個徹底、聊得通宵達旦後的結論都指向：**複雜的人際關係**。

要惹毛我這隻巨蟹座**規腹火**（kui-pak-hué，**滿腔怒火**），通常是絕對領域被侵犯，踏進我全力保護的禁區，瞬時就會發作——這樣的發作會讓周遭的人嚇到，搞不清楚狀況，眼睜睜看著這位平日溫順的好好先生失控。

巨蟹座的怒火是不會延燒太久的，很沒有威力地表達自己的**憤慨**（hùn-khài，**憤怒不平**）後，隨即縮回洞穴之中，感到非常地愧疚，認為這失控是不對的，最後會想方設法來賠罪補償。

因為平日總是壓抑，正在氣頭上的這位巨蟹，需要一段時間來紓解，會使用各種方式來消滅怒火，包括狂吃狂喝、移動運動、大睡一覺、找人**哭呻**（khàu-tshan，**訴苦**）。

但對我最有效的方式是「偽流浪」，離開我固有的領域，在短暫的放逐與不斷的離心之中，逐漸釋放情緒，為長久的忿恨，找一個落地的理由。

請各位別擔心，**心狂火著**（sim-kông-hué-tóh，**氣急攻心**）的巨蟹座，只會暫時迷路，不會永遠迷路；會暫時消失，不會永遠消失。

等他氣消了想清楚了，就會回來，好似事情都沒發生過，回到溫馴與良善的水平，讓空氣放鬆不緊繃，好似每顆原子都放了粒抱枕，讓你舒服妥貼地安靠。

字詞整理

吵架與生氣

寃家（uan-ke）：爭吵。

受氣（siū/siūnn-khì）：生氣、發怒。

風火（hong-hué/hé）：火氣、怒氣。

火大（hué/hé-tuā）：原指火勢猛烈，引申為怒火很大。

心火（sim-hué/hé）：內心的浮躁、激動、怒氣。

火氣（hué/hé-khì）：指心中的怒氣。

隱忍與不高興

起毛穲（khí-moo bái）：不爽、不高興。

吞忍（thun-lún）：忍耐。按捺住感情或感受，不使發作。

憤慨（hùn-khài）：因為憤怒而發出不平之鳴。

哭呻（khàu-tshan）：訴苦，講出不平。

怒火狂燒

見笑轉受氣（Kiàn-siàu tńg siū-khì）：惱羞成怒。

掠狂（lia̍h-kông）：抓狂、發狂。

氣身惱命（khì-sin-lóo-miā）：極度生氣、滿懷憤恨。

規腹火（kui-pak-hué/hé）：滿腔怒火。

心狂火著（sim-kông-hué/hé-to̍h）：氣急攻心、火冒三丈。

我最害怕的是哭：放任眼淚流下

在哭之前，我會事前聲明，等一下的我，會**哭**（khàu，**哭泣**）。

其實是不想在夥伴面前哭的，覺得很丟臉，更怕把內心的情緒掀開。不料到最後，還是忍不住流**目屎**（ba̍k-sái，**眼淚**）。

那一陣子，我的主要工作，是把人關在小房間裡，戴上耳機，看著詩稿，面對麥克風，用台語唸讀，好來錄製順聽的作品《我就欲來去》，這是我的台語詩集，也是一本有聲書。

被我關起來的人，有配音員、台文專業工作者、音樂家與好朋友。他們在錄音室唸讀，我在後台仔細地檢視，聽發音是否正確，聲音表現恰當否，感情有沒有融入。

往往一首詩唸了四、五次，一段句子讀了再讀，就是不到位，把錄音室裡頭的那個人，折磨得幾乎要**梢聲**（sau-siann，**沙啞**）。

這樣讀了一百多首，終於輪到我進小房間，給音響放大檢視。

我卻很害怕，非常害怕，雖說全部都是我自己的創作，也雕琢了無數次，但有一首〈哭心疼〉，每次讀每次哭——裡頭寫的，是被我爸揍的傷痕。那時，我已是兩個孩子的爸，那時，我不知要如何面對自己的孩子。我並沒有對我的爸爸**抾恨**（khioh-hūn，**記恨**），這一切，是我自己不對，是我的錯，我非常非常**歹勢**（pháinn-sè，**愧疚**）。

大可給其他的配音員唸讀，但宿命的拳頭揮了過來，我沒有躲，就把自己關進錄音室，即將要讀這首詩了——隔了道氣密玻璃窗的後台，除了工作人員，還有夥伴們，才剛邊吃披薩邊聊天，現在得屏氣凝神，聽我讀詩。

那一刻，我告訴我自己，絕對不能哭。

開始唸讀，我好強著面子，還能壓抑住情緒，就這樣唸著唸著，**喉滇**（âu-tīnn，**哽咽**），聲音有點破碎。

稍稍喘息，我請求暫停；稍稍喘息，眼前的字開始模糊；稍稍喘息，我知道這時的我，**目屎含目墘**（bák-sái kâm bák-kînn，**眼眶轉淚**）。

不能丟臉，畢竟大家正眼睜睜地看著我，好幾場的錄音下來，我瘋狂雕琢著他人的發音，現輪到我上場了，不僅不能有缺失，還要非常非常強。

吸了一口氣，我繼續唸，眼淚便忍不住**㴙㴙滴**（tsháp-tsháp-tih，**滴個不行**），不僅讀不下去，還**翱翱輾**（kō-kō-liàn，**滾下**），錄音中斷。

我**心酸**（sim-sng，**傷心**），我**艱苦**（kan-khóo，**難過**），想起父子衝突的往事，那時的畫面，混亂的現場。詩的字眼那麼小，全都向我猛烈衝擊，我一時無法招架，跟後台的夥伴抱歉，我失控了，我還好，還控制得住，等我一下，等一下我就可以好好來讀詩，好好來工作。

好了，哭過了，應該可以了，我把詩稿壓平，心情重新整理好，這次不能再丟臉，過去畢竟過去了，我和爸爸早就和好，總是有說有笑，陪伴他的退休生活，要他過得健康順心。我自己也超級努力，做一個好爸爸，要讓女兒們有快樂的童年，陪伴她們無憂無慮長大。

詩很卑微很冷門，在這個社會占極小的容量，卻在這個時刻爆炸，我才剛讀便泣不成聲，**四淋垂**（sì-lâm-suî，**涕泗縱橫**），哭得上氣不接下氣，這個工作，這首詩，我無法繼續。

我不好，我毫無責任感，我是不肖子，我是失敗的父親，我是失格的兒子，都是我不好。

詩集最終錄完，離開錄音室，我開車載夥伴回家。她們沒說什麼，就談談接下來要做的理想，以及這個時代我們做那麼多，卻罕有人買帳的現實。

將夥伴一一送下車，到最後，只剩下我一個人，我就要回到家，看到我可愛的女兒了。此時車內輪播的歌曲，是黃靜雅的〈流目油〉，聲音悠然淡然，卻是對親人最深的思念，是眼淚是眼油分不清楚，我竟找不到回家的路。

稍稍喘息，這個時刻；稍稍喘息，沒有別人；稍稍喘息，只有我自己大聲**吼**（háu）：

感謝天公伯仔，賜予咱歌詩、目屎和幸福。

字詞整理

哭泣的過程

哭（khàu）：哭泣。

梢聲（sau-siann）：沙啞。

喉滇（âu-tīnn）：哽咽。

吼（háu）：狂哭。

眼淚的狀態

目屎（ba̍k-sái）：眼淚。

目屎含目墘（ba̍k-sái kâm ba̍k-kînn）：眼眶轉淚。

湒湒滴（tsha̍p-tsha̍p-tih）：眼淚滴個不行。

翱翱輾（kō-kō-liàn）：眼淚不斷滾下。

四淋垂（sì-lâm-suî）：涕泗縱橫。

哀傷的心情

抾恨（khioh-hūn）：記恨。

歹勢（pháinn-sè）：愧疚。

心酸（sim-sng）：傷心。

艱苦（kan-khóo）：難過。

綠野仙蹤三法寶：智慧勇氣善良

小時候是看卡通，播映時間到了就守在電視前，跟著哼唱主題曲：「我作了一個夢，我去遊歷，經歷多麼危險又有趣……。」

主角桃樂絲這位小女孩，從小失去雙親給叔叔嬸嬸收養，住在美國遼闊廣大的**平洋**（pênn-iûnn，**平原**），在農場過著無憂無慮的鄉野生活。

孰料某日，**捲螺仔風**（kńg-lê-á-hong，**龍捲風**）來襲，將桃樂絲連同小狗與農舍，捲飛到魔法世界去……為了回到家鄉，桃樂絲就此展開一場不可思議的探險。

小時候很愛看卡通版的《綠野仙蹤》，還來不及讀小說原著，我人就長大了，用一種大人的自以為是，認為沒必要再細讀。

直到孩子出生，我當了爸爸，每晚睡前被迫講故事，我的世故就被孩子的撒嬌打破，那就來說說《綠野仙蹤》的故事吧。

先哼唱〈愛拚才會贏〉的歌詞：「無魂有體親像**稻草人**（tiū-tsháu-lâng）……」是這場探險的第一位旅伴，厭倦杵在桿上驅趕烏鴉的生活，渴望有副**頭殼**（thâu-khak，**腦袋**），可以來思考，可以將**腦筋**（náu-kin，**頭腦**）好好動一動，不要總是笨笨的被烏鴉欺負，既可憐又無奈。

接著，桃樂絲遇到了樵夫機器人，本是人類的他愛上美麗的女孩，卻被東國魔女下咒，變成**錫仔**（siah-á，**錫鐵**）製的機器人。轉性成金屬的它雖不再感到痛楚，卻失去了愛心，感受不到人與人之間的**燒烙**（sio-lō，**溫暖**）。

故事至此，我裝模作樣大聲來吼叫，女兒知道，森林之王出場了。《綠野仙蹤》的這位獅子可是大大有名，外表威風看起來很凶狠，其實根本就**無膽**（bô-tánn，**膽小**），真的是很諷刺。

獅子拜託桃樂絲，希望能加入他們一行人的隊伍，去翡翠城向魔法師奧茲索取*****膽量**（tám-liōng，**勇氣**）。

角色介紹到此，爸爸忍不住開始說教，說這故事就是要教導你們，長大後離開爸媽獨立自主後，會遇到各種挑戰，那時就不能像稻草人呆呆沒頭腦，得要尋找智慧，懂得**變竅**（piàn-khiàu，**應變**）。

有時候，更需要**在膽**（tsāi-tánn，**鼓起勇氣**），畏畏縮縮的解決不了問題，得為自己負責，要做真正的獅子。

人脈很重要，但不是互相利用，非冷酷現實的機器人，要用**誠意**（sîng-ì，**真心**）交朋友。人生路程難免會遇到危難，到最後伸出援手幫忙的，多是真心的朋友。

雖已關燈，仍看得到女兒那呈現呆滯的眼神，警覺到這樣說教無法讓她們「懂」。在黑暗中看著天花板熄滅的燈罩，我腦子閃亮了起來，想到小女兒白天在學校發生的事：

學校的大下課有二十分鐘，一群同學起意要玩紅綠燈，遂找小女兒加入。就要開始了，又有位同學跑來也想玩，卻被其他人拒絕——理由是再加一人就成為奇數，人數現在是雙數，遊戲才玩得起來。

此時，**精光**（tsing-kong，**聰明**）的小女兒發覺不對，紅綠燈要玩得成，沒有單數雙數之分。她再進一步細想，判斷是這群人討厭那最後加入的同學，單雙數乃敷衍、搪塞，這樣的集體行為，是一種排擠、霸凌。

於是，**好心**（hó-sim，**善心**）的小女兒鼓起勇氣，明言說若不讓那位同學加入，她就退出……

隔壁房傳來獅吼，太太說睡覺時間超過了，不能再說故事囉。

因為小女兒的堅持，挺身而出幫助弱小同學，免除被**欺負**（khi-hū，**欺凌**），最終讓所有的同學都能加入，高高興興地玩紅綠燈。

我稱讚小女兒的正義舉動：為稻草人找到智慧，為機械人找到愛心，為獅子找到勇氣。

真的要睡了，不能再說故事了，否則明天一早會爬不起來。

最後我問：《綠野仙蹤》的角色都有**欠缺**（khiàm-khueh，**不足**），都在尋找，而桃樂絲在找什麼呢？

轉去的路。（**回家的路**）

女兒們齊聲回答，離開房間前，我各親了她們一下。

字詞整理

平洋（pênn/pînn-iûnn）：平原、平地。

捲螺仔風（kńg-lê-á-hong）：旋風、龍捲風。

稻草人（tiū-tsháu-lâng）：稻草做成的假人。引申為沒有靈魂的人。

頭殼（thâu-khak）：頭顱、腦袋。頭腦、腦筋。

腦筋（náu-kin）：指一個人的思想、思考能力和記憶力等。

錫仔（siah-á）：錫鐵。

燒烙（sio-lō）：溫暖、暖和。

無膽（bô-tánn）：膽子小、沒有膽量。

變竅（piàn-khiàu）：通權達變、隨機應變。

在膽（tsāi-tánn）：膽子大、不畏怯。

誠意（sîng-ì）：真心、誠心。

精光（tsing-kong）：頭腦聰明，做事仔細。

好心（hó-sim）：善心、善意。

欺負（khi-hū）：欺悔、欺凌。

欠缺（khiàm-khueh/kheh）：不足、不夠。

類義詞 勇氣。

膽量（tám-liōng）=**膽頭**（tánn-thâu）=**勇敢**（ióng-kám）=**勇氣**（ióng-khì）。

環島
聽口音

府城唱歌無仝款：台南人這樣說

滅火器樂團的〈島嶼天光〉是台灣人耳熟能詳的搖滾曲，當KTV字幕跳出「**天色漸漸光**」要轉到昂揚的下一句時，我會刻意大唱：

咱著大聲來笑（tshiò）**著歌……**

這時，同場的歌友都會發笑。

別笑別笑，我這嘉義人唱的可是台南的府城腔，是在地人的道地發音。

請讀者與歌友們好好來聽我**唱歌**（tshiùnn-kua）。

不只膩，還會嘟嘴唇

說到台南腔，網路上鄉民們最熟悉的，無非是語尾助詞 nih，俗字多用華語發音「膩」來標記，同時指涉台南嗜甜到令人發膩的梗（本字是呢）。

普遍來說，台灣各地的語尾助詞相當豐富（可以寫一本論文了），nih 的確是台南人的辨識音之一，主要用於疑問句，如「**睏飽矣 nih**」，意思等同華語的「嗎」。最本格派的台南人，如同其小吃無所不摻糖那般，感嘆發語時用 nih，罵人爭執反問也 nih，高興瘋狂的時候也 nih。

台南如果是曲流行音樂，nih 儼然成為最響亮的記憶點。

然而，這樣的語氣詞比較屬於地方音，還不到**腔口**（khiunn-kháu，**腔調**）之範疇。談台南的府城腔，要跟其他地方的聲、韻、調，做一系統性的比對。或許這樣說明太學術，請上網點開影片去看轟動一時的台南市議會質詢，賴清德大戰謝龍介，於唇槍舌戰中可探知府城腔之一二。

時任台南市市長的賴清德，出身台北萬里，其台語卻是最普遍的優勢腔，以此來對照謝龍介刻意飆音的府城腔，你可以發現，謝龍介稱**市長**（tshītiónn），而不是**市長**（tshi-tiúnn）；主張的**張**，是說 tionn，不是 tiunn。且來圖示一下韻母變化：

iunn → ionn

優勢腔 → **府城腔**

羅馬拼音若搞得你七葷八素，沒關係，我們來口腔練習。一般台語發音的**長**（tiúnn），稍稍撮唇透過鼻子送氣即可，府城腔則要嘟起圓唇，才有那般的珠圓玉潤。接下來火力全開：

和尚（siōnn）**看鴛鴦**（ionn），**咬薑**（kionn）**尻川癢**（tsiōnn）。

請道地府城人來唸，會發出嘟嘴四連發：**尚**、**鴦**、**薑**、**癢**。

府城腔當然還有很多特質，以上所舉之例最洗腦。且聽台南市議會的賴謝對決，謝龍介頻頻嘟嘴 ionn, ionn, ionn，不斷地 nih, nih, nih……

台南腔也有很多種

用了那麼多篇幅來談府城腔，是為了**唱**（tshiùnn）**歌**，發現了沒，唱是iùnn，系統對換府城腔本該說**唱**（tshiònn）**歌**。

然而，唱歌這個詞太平凡太常用，口語又是懶惰的，鼻音往往脫落（最後那 **nn** 符號），就發音為 tshiò，恰巧跟**笑**同音，此為府城人**笑歌**（tshiò-kua）之演變過程。

須知，只要口語所及的「安全距離」聽得懂，這邊掉一下，那邊省一下，有時還兩三個字糊成團（連音現象），屬台語正常現象。

你放大耳朵仔細聽，說「唱歌」的時候，其實大家鼻音也沒發得多完備，也就是 **nn** 往往會脫落，tshiù-kua（**手歌**）去了。

而且我說的是府城腔，非台南腔，大台南的幅員遼闊，海邊、城市、鄉村、山上，東西南北的腔調也有細分。只因府城為政治經濟中心，部分代替全部，所以被泛稱為台南腔。[註]

為何如此說？因整個大台南地區，也「唱」不同的歌。

許多人不知道，關廟、歸仁一帶也有獨特的腔調，最常舉的例是**吹電風**（tshue tiān-hong，**吹電風扇**），在地人的聲母 tsh 會簡化為 s，**吹**（tshue）**電風**講成**衰**（sue）**電風**。

順著腔調的風來吹，關廟與歸仁的老一輩怎麼「唱歌」？

沒錯，tshiò-kua 會說成 siò-kua，諧音**惜歌**（sioh-kua）。

聲調就是台語的旋律

更有趣的來了，我乃嘉義民雄人，太太為基隆七堵人，兩地腔調用詞差異頗大。

我七堵的岳母很愛唱歌，客廳的 KTV 都唱壞好幾組了。每次她興匆匆打開伴唱機，便會大聲喊：來**唸歌**（liām-kua）囉！

這可不是鐵獅玉玲瓏那種，拿起月琴就哼唱起來的七字仔，對我岳母這老台語人來說，唱流行歌也是「唸歌」。

遇此衝擊我反思之，沒錯，台語有七聲八調，其起伏變化就是音樂的旋律。所以，只要順著台語的聲調，唸著唸著拉長為旋律，便唱成一首優美的歌曲，正港的台語歌囉。

註：請參閱洪惟仁教授研究台灣原住民、客語、閩南語的巨著《台灣語言地圖集》，大台南地區劃分得精確詳細。

唱台語歌遊台灣：乘著腔調的風

人若問，你佮我兩人，到底啥關係？

這首台語經典歌曲〈媽媽歌星〉，有台灣史上最著名的口白。為何要哼起這首歌呢？每每談起台語腔調，我總是會被問：

人若問，台語優勢腔，到底是啥物？

有人問，我就會機關槍般解釋說：優勢腔，也稱普通腔，就是在台灣島上通行的台語腔調，會隨著時代而改變特質。說到現下的台語優勢腔，主要以漳州腔的聲韻與變調為主，混融部分泉州腔……

我就會反問對方：雞說 ke，或者是 kue？ke 比較常聽到，kue 多卡了一個 u，通行度不若 ke。

隨即來個突襲：你是優勢腔的豬（ti）？或者是豬（tu）？通常對方不是滿臉驚訝，就是猛搖頭，若是豬朋狗友就會回我％＄＊……

哎啊！說那麼多都聽不懂，索性一句話打死：「就是你聽的台語流行歌啦！」

西部海口吹來的風

科學實驗中，若要找出事物的基本特質，設對照組是好方法。同樣的，要顯現腔調的特質，最好拿優勢腔來比較。

先聲明，這是不精準也不符學術精確性的手段，為解說方便，才出此下策。

談台語歌的特殊腔調，最常被舉的例子，無疑就是傳唱度高，相信你也會唱的〈歡喜就好〉。

仔細聽喔，當這首輕鬆諧趣的歌來到最後的第三節，陳雷唱「**人生短短，好親像咧迌迌**」，其**短**（tér）相較於慣常說的**短**（té），舌頭要稍微縮一下。（其實開頭的和聲就有了）

其後「**問我到底，腹內有啥法寶**」，**底**（tér）也要舌頭內縮，跟優勢腔的**底**（té）殊異，也不是常有人說的**底**（tué）。

陳雷乃彰化縣大城鄉西港村人，此地靠海，一般會被歸類為海口腔。但海口腔是浮泛的觀念，差異其實很大。此時，就要搬出洪惟仁教授的巨著《台灣語言地圖集》，經過比對，陳雷的腔調歸類於「彰化同安腔片」。

以上參考「活水來書坊」的推測，最好的驗證還是要親口問陳雷啦！說句不好意思的，陳雷曾光臨筆者嘉義老家，那時哪有機會問他……被聞風而至的親友鄰居簇擁合照都來不及了，根本沒時間討論語言問題……

蘭陽平原吹拂的風

再來，乘著台語歌的腔調風，從彰化往北繞過台灣頭，來到蘭陽平原。

談起宜蘭腔，著名口訣是「**食飯配滷卵**」，優勢腔的飯（pn̄g）說成 puīnn，**卵**（nn̄g）則說 nuī，姓氏的**黃**（N̂g）稱呼 Uînn，其韻母的特質是：

ng → uinn

此時，就要請出台灣 RAP 始祖劉福助大師，有首名曲〈宜蘭腔〉，依照以上的發音規律，選優勢腔有 ng 的字當韻腳，全部唱成 uinn，講一段有趣的鄉間故事，實在是**盡**（tsīn）趣味。

然而，已有許多專家指出，宜蘭腔非所有的 ng 都會發音為 uinn，劉福助的〈宜蘭腔〉只能當作一首趣味歌，非宜蘭腔的實況。

是以，我更推薦新生代的民謠歌手楊肅浩，於學校執教國文的他，年紀輕又帥氣。首張全台語專輯《噶瑪蘭的風吹》，源自對故鄉蘭陽的深情，關懷生態與歷史，對歌詞與發音更是講究。

不似大多數歌手改易為優勢腔，楊肅浩唱自己的宜蘭腔，請仔細聽其充滿批判意識的〈賣田歌〉，講大自然被侵奪，環境遭到破壞，優勢腔的**園**（hn̂g）他唱（huînn），大地默然承受著：

田園（huînn）**恬恬毋講話**。

茄萣的風貼上來

腔調的風繼續吹，往南滑過花東繞行恆春半島，再北上至分隔高雄與台南的二仁溪沿岸，有位傳奇歌手郭一男，以盈溢鄉土味的旋律，唱出最為在地的氣味。

網路流傳的神曲〈古錐的台灣話〉，字幕上標示「紅字唱關廟腔」，也就是上一篇談到的，關廟歸仁一帶的特殊腔調，聲母 tsh 會簡化為 s。

歌曲在夏威夷吉他慵懶逗趣的伴奏中，敘述遇到賣鳳梨的關廟小姐，**講話臭**（sàu）**奶呆，講一粒七**（sit）**篩七**（sit），**閣欲炒**（sá）**青菜、炒翁婿**……因方音差導致雞同鴨講，種種誤會滋生語言趣味。

郭一男之所以被封為神人，乃因〈古錐的台灣話〉不只談一種腔調，還順著二仁溪唱到出海口的茄萣，在地人講台語總帶尾音tah。於是跟海產攤的小姐打招呼，優勢腔「**來啦！好啦！入來坐！**」，茄萣腔是這麼說的：

來tah！**好貼**！**入來貼**！

不只盈溢趣味，不只領略腔調特質，更要說到做到。以後去KTV唱歌，就讓陳雷的腔調降駕，**人生短短**（tér-tér），唱歌啊，歡喜就好！

最親的父母話：口頭禪與地方詞

人說結婚久了會有夫妻臉，連腔調也會越拉越近。太太的台語偏泉州腔，我則濃厚漳州腔，和兩位女兒共組母語小家庭，可說是二十一世紀的**漳泉濫**（Tsiang-Tsuân-lām）。

人講**離鄉，無離腔**（Lī hiunn, bô lī khiunn.），我在台北大都會常被辨識出**下港人**（ē-káng-lâng）身分；實際上，是離家鄉的腔調越來越遠，漸漸被周遭環境浸潤。

這樣的發覺，要靠自己，更靠枕邊人。

韻母差異實在離奇

那天，久未北上的爸媽難得來我台北家，猶如當兵時的「高裝檢」，太太徹頭徹尾把家裡頭打掃了好幾翻。且將統治者的跋扈暫時收起來，當一個乖順又認真的媳婦，切好水果擺盤美觀，小心翼翼接待公婆。

幸好過程順利，我這個做兒子的承歡膝下，更是殷勤，共同觀賞孩子彈鋼琴跳舞的，兩老笑呵呵。聊得正高興時，我媽說她最近收到一張**批**（phe，**信**），過程很離奇。

離奇，真的很離奇！我都是說**批**（phue）啊，不是從小都這麼說？就在此時，我爸也跟著說**批**，發音也是phe。

腦中就浮出漳州腔的發音規律：我爸說**上**（siāng）好，不是通行的**上**（siōng）好；說到拍照，我媽可不是**翕相**（siòng），而是**翕相**（siàng）。

同時，我講**買賣**（bé-bē），非bué-buē；數字八的發音peh，非pueh。

照此規律下來，的確是說**批**（phe）沒錯，我可能是受台語流行歌影響，沒仔細聽爸媽的話，說成了phue。

口頭禪會上下飄動

當日入夜，電話打來，爸媽平安回到南部的家了，任務完成，孩子上床去睡，太太鬆了口氣，沒有蹺腳，而是用美腿機來消除疲勞。

我就談到離奇的「**批**」的發現，正準備敷面膜的太太說，相對於回嘉省親，在台北更能聽出腔調差異：說到她的公公、我的阿爸，若是回應別人的話，口頭禪總是 hiô，hiô，hiô！

關於這點，我斗膽指正太太，hiô 是有程度差別的，例如：

Hiô--loh，鄭順聽真緣投。

Hiô 後頭接 loh，有點不置可否，略略贊成而已。

Hiô--lah！鄭順聽真緣投。

Hiô 若接上 lah，聲音會很亮很高，表示大大贊成。

我認真嚴謹的舉例，太太只回了一聲**諾**（hioh），聲調微下降，不是很想搭理我的樣子；我則回了聲**嘿**（hennh），聲調也是微下降，意思類同，是台灣中南部常聽到的口頭禪。

此時，太太問其今天的表現，我回說**袂穤**（bē-bái）……隨即收到怒容，我心驚膽跳，說要幫太太敷面膜，卻被**拍銃**（phah-tshìng，**拒絕**）……立刻成為昏君旁的小人，連忙猥瑣奉承：

Hiô--lah！嬌某，今仔日你的表現世界讚！

盈溢風土味的地方詞

夜深人靜，孩子睡得深沉，太太鼻息已雷鳴（十多年的寫作生涯，我都是這樣形容其鼾聲的）。

在床上輾轉難眠，想到爸媽到台北一聚，心頭很是溫暖——卻襲來愧疚感，想離鄉也二十多年，都是弟弟在照顧，我人在外地，沒好好盡到做兒子的責任，不由得感嘆再三。

其實啊我這幾年努力研究且推廣台語，都是對父母與家鄉的補償。但也不得不承認，關係越來越生疏，不僅是腔調，有些發音也歧異了。

腦中就整理起異同表：**腹肚**的**腹**（pak），我媽都唸 put；**檳榔**的**檳**（pin），我爸講 pun；至若芒果，**檨**（suāinn）**仔**我聽到鄉親說**檨**（suīnn）**仔**……此非腔調之系統對應，而是語言簡省等因素造成的音變。且不只民雄獨有，很多地方都通行。

最親密卻最為遙遠，這該如何是好呢？

我就想到了阿媽，數字的「**兩**」她說 nōo，在我們嘉義與中部還算常聽到，而我爸的發音是比較普遍的 nn̄g。

腔調因時因地變異是不可避免的，要死守祖先的腔調是不可行的。但，我可以記錄，可以謹記，甚至一字一詞說回來，放大耳朵和錄音比對，或請不同腔調的人點醒。

我可以時光倒流，講回我媽的韻母，讓我爸的口頭禪成為我的習慣，內鍵盈溢風土氣味的地方詞：

Hiô--loh，**你寫的批**（phe）**我收著矣，我會寄全台灣上**（siāng）**好食的檨**（suīnn）**仔兩**（nōo）**箱轉去**，hiô--lah！

計程車推理事件：姓氏聲調用詞

每每在搭計程車時，我都會進行一個「推理」的動作。談好目的地與預定路線後，我刻意默不做聲，先觀察計程車的內部佈置：通常是整齊清潔的，偶有司機會排列「大量」玩偶，五彩繽紛視聽室常遇到，甚至擺設盆栽營造移動的翠綠花園。

計程車的裝潢千奇百怪，而我最關心的是「人」。寒暄幾句後，丟幾條無關痛癢的問題，可據腔調來**挽瓜揫藤**（bán-kue-tshiû-tîn，**順藤摸瓜**），尤其母語是台語的，很容易便摸出司機大哥的出身地。且聽柯南鄭來台語辨案。

姓氏判斷法

首先，兩眼瞪直，盯看「計程車駕駛人執業登記證」，看看司機姓什麼？某些姓氏一看便知是客家人，譬如：彭、范、鍾、古……尤其是范姜，多為桃園新屋人，再聊幾句聽其腔調便知。若是詹、戴、呂、邱、羅……就有許多閩南化的河洛客。很多客家人河洛話講得甚佳，一時是聽不出來的。

一九四九年來台的新住民，俗稱的「外省人」，姓氏就非常多樣了。有普遍的大姓，更有相當罕見的，我曾遇過計程車司機姓「党」，此非簡體字，乃中國原鄉的「正字」書寫，卻被中華民國的戶政事務機關硬改成「黨」。司機不願祖宗的姓氏被擅改，不僅到中央單位申訴，還請中文系教授投書報紙去澄清。

不能忽略的，是身分漸漸被遺忘掩蓋的平埔族，也有許多特殊的姓氏，如買、力、卯、毒等等……

還有一聽隨即能斷定其出身地的：洪姓多來自二林、芳苑、草屯，姓丁講台語的大多是台西人（阿拉丁的後代）。最特別的是粘，我直接說「**粘厝**

庄來的喔」，屢試不爽，是早早就遷徙來台、群居於彰化福興的女真族後裔。

據姓氏來推測出身地，的確是好辦法，但若遇到陳、林、黃、張、李等大姓，甚至是作者我姓鄭的，各族群大江南北各地皆有，這時候，就要啟動聲紋辨識系統。

聲調辨識法

刻意不問司機的出身地或家鄉，而是隨意聊聊，譬如：

今仔日生理（**生意**）**按怎**？**路裡有窒車**（**塞車**）**無**？**走車偌久**（**多久**）**矣**？

非刻板印象，單就台北地區的司機而言，大多為台語人，我會靜靜地聽，先來判斷其偏漳腔？偏泉腔？

台語漳泉這兩大腔調系統的最大差別，為第五調的變調，仔細聽司機的

懸山（kuân-suann，**高山**），若本調第五調 kuân 變為第七調 kuān，也就是調性中平，偏漳腔，多為中南部或宜蘭來的鄉親，也可能是後來才學習或受影響的優勢腔。

若 kuân 變成微降的第三調 kuàn，微往下掉，可能是原生的台北人。

若第二調之變調不是第一調，如**水管**（tsuí-kóng）的 tsuí 變調後，不是 tsui，而是往上飄 tsuî，極大機率是新竹苗栗沿海延綿到布袋東石的海口腔。

再談到基隆，百多年前爆發的分類械鬥，演變為和諧的中元祭普渡，也是以族群與腔調來劃分的。以高速公路起點「大業隧道」上頭的獅球嶺做分隔，面海環基隆港多是漳州腔，朝山的聚落多講泉州腔。

也就是，我腦中有幅台灣地圖，據漳腔、泉腔來分色分類，為司機可能的 location 來定位。

用詞必殺法

最後，事不宜遲來個極速追殺，一發現明顯證據就來揭開真相。

不必等到司機說到**食飯**（puīnn，**吃飯**）、**尻川**（tshuinn，**屁股**），或把**洗身軀**講成**洗魂軀**（sé hûn-su，**洗澡**），一出口**盡**（tsìn）讚就知道其為宜蘭人囉。

若**傷好**（siunn-hó）的**傷**唸成 sionn，司機可能來自嘉南平原，從府城往北到嘉義一帶；在中途與橫向的急水溪相交，這流域兩側的居民習慣說**交**（kiau），可不是要**撟**（kiāu，**罵**）你，這是連結詞，意思等同**和**（hām）、**佮**（kah/kap）、**參**（tsham）。

語尾助詞也是極重要的線索，大台中地區的主要辨識音是 hioh/hiooh，有些地方是 liooh，府城一帶（不代表台南全境）有許多 nih，高雄茄萣一帶是 tah，再往南順海岸一直到屏東甚至澎湖，很多人是 hiauh/hiau。

某些地方的腔調並不濃厚，可能是族群多元相處以致混同抹平了，但老港市中心如淡水老街、新竹市、鹿港鎮，腔調相當獨特，辨識度很高。

推理技巧還有很多很多，但時間有限目的地就快到了，據司機的姓氏、變調、地方音等等，一口來斷定：

你是〇〇的人是無？

猜錯了也沒關係，隨著都市化人口流動頻繁，腔調的界限與分別越來越模糊，混淆是很正常的。

要是猜對了，Bingo! 就可以跟司機好好聊起家鄉……有時候啊聊得太高興，到目的地按停計程錶那一刻，我曾遇到司機說：

我就算你較俗咧。（**我算你便宜一點**）

可以充實見聞，交交朋友，甚至省些銀兩。

就跟著柯南鄭一起來推理，做台語偵探吧！

拆炸彈！阿香去香港買的香真香

寒流來襲，在家裡被凍得受不了，叫太太打電話訂位，來去火鍋店解饞解凍。

冷風冷雨中，一家四口衝上計程車，司機邊開車邊聽到我和兩位女兒全台語對話，其反應就是當下台灣人的SOP：喔，小朋友會講台語比日本原裝進口的壓縮機還少，很不錯啊！可以去參加朗讀比賽等等……隨後，換我反擊司機說，語言要從小學，長大後再學會怪腔怪調，台語的音韻很複雜等等……冷不防，司機丟出一枚華語炸彈，問我台語怎麼說：

阿香去香港買的香真香。

炸彈開始倒數計時，我要在最短時間內，一一把線路剪開，若沒解答正確或秒數延遲，台語自尊心恐怕會爆炸！

第一條線：漳泉腔調

關鍵當然在「香」這個字。

首先，我先掃描此漢字，是否有漳州腔與泉州腔的差異。沒錯，這枚炸彈刻意這樣設計，是讓你在腔調上先混淆，延遲你拆解的時間。

一般來說，台灣比較通行的是**香**（hiong），此發音偏泉州腔，無論是人名阿香或地名香港都是。但對阿聰我這位來自嘉義民雄、漳腔比較盛行卻又混雜泉腔的小鄉鎮，**香**（hiang）這樣漳州腔常與**香**（hiong）爭鬥糾結，簡直是漳泉械鬥，在以漳腔為主的地盤，常有通行的泉腔暗中殺進來。

兩種音都是對的，端看你發音的習慣，兩種都不會引發爆炸。

然而，就在你猶豫要講哪個音之際，不知不覺就延誤了時間。

第二條線：文白異讀

再來這條線路，有對有錯，拆解失敗，真的會引發爆炸。

台語的超強特質是：同一漢字，常常有**文言音**（bûn-giân-im）與**白話音**（pe̍h-uē-im）兩種系統之發音，有過半的台語漢字，文言音與白話音都有，就是所謂的「文白異讀」。

文言音，顧名思義就是中國古籍上頭的文言文發音，乃中國歷代官話的累積，又有人稱**讀冊音**（tha̍k-tsheh-im），是讀書時唸出來的標準音。這套系統通行於中國與東亞，各方言體系大致都有。

白話音，簡單說就是聊天溝通時的口語，原初為福建在地原住族群的語言，是日常生活所說的比較通行的語音系統。

台語的文白異讀，其差異與數量特別大，幾乎是兩種系統。

人名與地名往往是文白夾雜，因人因地而異，此炸彈的阿香與香港乃文言音，但拜拜用的香，則要唸 hiunn，是在廟中點燃裊裊飄煙的宗教物件，都說白話音，在台灣幾乎都是這樣說，殆無疑義（在台南則盛行 hionn）。

第三條線：音讀訓讀

最後要拆解的引信，則是描述香味的「真香」。

台語，或說漢字通行的東亞地帶，凡見漢字，都可據此字的原音來唸，文白音或各腔調都是，此為「音讀」。

此外，可根據漢字的意義轉譯訓詁，據此來發音，稱為「訓讀」。

描述味道很香，形容詞大多用 phang，其漢字是「**芳**」，也就是，此炸彈最後要拆解的引信，愛講**真芳**（tsin phang），很少會有台語人說真**香**（hiong/hiang/hiunn），這容易產生誤會，譬如你說真 hiong，台語人會聽成「**兇**」，為骯髒、不吉利的意思。

轉回來單就「芳」此漢字來讀，phang 是白話音，文言音要唸 hong，多用在人名與地名，譬如**瑞芳**（suī-hong），這是「文白異讀」的脈絡。

那再進一步問：「芳」也有漳泉腔調之分嗎？

沒有，就我所知沒有……好了好了啦！這音讀訓讀文白異讀的轉圈圈到此為止，否則這樣討論下去，怕讀此文章的讀者你頭腦會自行爆炸。

引信解除，危機再起

快快快！炸彈倒數最後幾秒，孩子正巴巴望著我的臉，若不趕緊回答，爸爸的面子會掛不住，我教孩子台語的自信就會崩毀，趕緊脫口而出：

阿香（hiang）**去香**（hiang）**港買的香**（hiunn）**真芳**（phang）。

司機回說正確，語氣中帶點遲疑，我鬆了一口氣。就在此時，太太反應說這不太對，該這麼唸：

阿香（hiong）**去香**（hiong）**港買的香真芳**。

怎麼會這樣?!孩子的雙眼放射出懷疑的光芒，我說我對，太太說她對，我來自嘉義民雄的漳州腔，和基隆七堵的泉州腔，一言不合，就要在計程車內重演百年前的漳泉械鬥了。

計程車突然停止了，目的地到達，管他什麼香要買什麼香的，付錢後趕緊衝破冷風冷雨，火鍋店訂位預約只保留十分鐘，若遲到會被取消資格，會吃不到囉。

且讓滾沸的湯頭與沙茶的香氣，來解開凍僵的身體與語音的炸彈。

飲食腔調學

三樣食物辨出身：番茄、香腸、愛玉

在台灣走南闖北，我多用台語來溝通（遇到其他族群更要尊重）。尤其是吃小吃、逛菜市場、搭計程車時，若用台語交談，除顯親切，更能採集到「前所未有」的詞彙和語句。

藉此，我磨練出台語腔調的「鑑識功能」，進一步可推知對方的出身。準確度當然有誤差，但這樣據語言來辨識身分之手法，直如福爾摩斯探案，更像卡通柯南般精采刺激。

任何的探查，即便如包青天明審辦案，都有基本的工具與方法。阿聰我這語言偵探，在此貢獻簡單又便利的**撇步**（phiat-pōo，**訣竅**），從台灣日常的食物說法，開始辦案！

第一步：番茄

嘉義市乃民主兼美食聖地，中央噴水池旁不只火雞肉飯著名，還有家冰果室，專售各種果汁與水果拼盤。我們這些在地的內行食客，都會點番茄切盤來吃——擺設極簡如花朵般盛開，蘸的是醬油膏喔！混合薑末、甘草粉、糖粉，酸酸甜甜鹹鹹的，是北回歸線 23.5 度之清涼聖品。

每落座，來點餐，當然是說台語：一盤**柑仔蜜**（kam-á-bit）！聽聞此言，老闆隨即俐落挑出番茄，執刀細心來切，如此平常自然。但我若說：一盤 thoo33 ma55 tooh3（tomato），老闆心頭大概有數，這大概不是嘉義人吧。

用番茄之台語稱呼來斷定南北，是阿聰台語鑑識的第一招撇步，準確性很高，甚至會被「識破身分」。

某次我到基隆某家著名燒賣店嚐鮮，看到歐巴桑店員忙進忙出，且蹲在我身旁正要調製雨都著名的「甜辣醬」。只見她將清醬油、醬油膏、辣椒醬攪拌混合，竟還多了一樣番茄醬，讓我不禁脫口驚呼：**有摻柑仔蜜醬喔**！

踞伏的歐巴桑隨即轉身瞧我，點破身分：**你下港來的喔**！

原來，歐巴桑是台南白河人，北上雨都工作數十年，早習慣了基隆人說tomato，是英文轉日文再化作台語的音譯。而「柑仔蜜」採意譯，有人說此名稱來自東南亞，或因外來的洋物宛似**柑仔**（kam-á，**橘子**），有蜜那般的甜美味道，就此命名。

還有**臭柿仔**（tshàu-khī-á），顧名思義就是長得像柿子，卻有獨特的氣味，是從不同的角度來立論的。

第二步：香腸

基本上，**柑仔蜜**多在中南部流傳，tomato流行於北部，將台灣切盤對半。以此基礎，阿聰這位鑑識專家，要來做更為細膩的漸層分析。

以往我演講時屢試不爽，若以台語做主題，必定現場民調，問在場的學生與民眾：你們怎麼叫「香腸」的？

基本上，苗栗以北到大台北地區，都說**灌腸**（kuàn-tshiâng），中南部皆稱「煙腸」。

然而，「腸」的發音，在嘉義地區發生了裂解。

大台中地區多說**煙腸**（ian-tshiâng），一直往南到嘉義，就有人說**煙腸**（tshiân）了，韻母 âng 音變為 ân。此非一條線的劃然區分，嘉義台南是混雜交錯的。不過，往南到了高雄屏東，幾乎全部是**煙腸**（tshiân）的天下。

我滋滋有味分析著，貼上臉書得意地分享，卻有位臉友幽幽留言說：我們宜蘭人都說**燒腸**（sio-tshiân）。

啥貨！宜蘭果然是自成一格的世外桃源，不只是風景氣候人文，**連台語都盡**（tsìn）**無仝**！

第三步：愛玉

香腸油香肉彈，深入台灣大街小巷，藉此分辨南北差異，甚至糾出宜蘭人來。

然而，香腸畢竟是歐洲傳來的外來食品，比不上珍貴的愛玉。全世界只有台灣人洗來做晶瑩涼品，乃福爾摩沙獨一無二的美味，還可發掘市鎮地域的獨特語詞。

基本上，**愛玉**（ài-gio̍k）與華語共通，全台都有人說，**薁蕘**（ò-giô）也是。其他地方還有說**草子**（tsháu-tsí）、**子仔**（tsí-á）、**草仔子**（tsháu-á-tsí）、**草子仔**（tsháu-tsí-á）、**玉子**（gio̍k-tsí）等，說法很多。

某次到台南演講，我舉出很罕見的用詞：**偏拋**（phian-phau）／**繽拋**（pin-phau），是我新竹朋友提供的語料，推測來自客語。沒想到，真有人舉手，雖在台南教書，可是正統的風城人，他真的說**偏拋**。

這些食物的異稱，是腔調與出身地的鑑識利器，也是談天說地激盪話題的最佳食材。

最後最後，若你面前的這個人，將愛玉稱為**角水**（kak-tsuí）……哇！這有神明保佑，你面前的這位朋友，應該來自北港，那是媽祖信仰的梵蒂岡。

鑑識功能，人神皆可，台語的腔調，充滿了神力。

名稱常搞錯：大腸、紅豆餅、番薯球

因台語專長，我上過大大小小的各種媒體，問題與花樣甚多，幾乎都難不倒我。

某次和 Youtuber 拍美食影片，她們買來夜市裡各式小吃，出題要我翻譯為台語。

哼，這小 case，山珍海味都難不倒我啦！

說時遲，Youtuber 那時快問道：老師你知道什麼是「七里香」嗎？

我傻了，啞口無言，只見她們笑嘻嘻地從紙袋裡抽出油滋滋的**雞尾脽**（ke/kue-bué/bé-tsui）。

啥貨！原來鹹酥雞菜單列出的七里香，就是雞屁股，真是匪夷所思！

一條大腸，各自表述

影片拍攝結束，我們邊聊天邊把滿桌的台灣美食吃完。Youtuber 幽幽回憶起，那時剛從高雄負笈北上台北讀書，為解思鄉之情開步去逛夜市，在烤肉攤點了份**大腸**（tuā-tn̂g）。

趁燒烤空檔，她溜去附近買了杯飲料，想說回去取拿時，持起竹籤就要咬破焦香腸衣，品嚐蒸騰糯米散發出來的香氣與飽滿。

沒想到，老闆交給她的，是一串皺巴巴的豬腸子，還抱怨為了「**人客的要求**」，特地洗了一副抹上醬料費心烤……

呔會按呢？怎麼會這樣？

將炒熟的糯米料塞入豬腸衣進行烹煮的食物，嚴整的名稱是**秫米腸**（tsu̍t-bí-tn̂g，**糯米腸**）。但在中南部，日常的稱呼是**大腸**，無論是菜市場專售給家庭主婦包回家的，鹹酥雞品項，香腸攤的大腸包小腸，都是這麼叫的。

但在北部，台語說「大腸」常被誤會為「豬大腸」；若你要吃「糯米腸」，基隆比較通行的說法是**大腸圈**（tuā-tn̂g-khian）。

久居台北，我深明其差異——卻在我回嘉義跟媽媽說到基隆著名的「大腸圈」時，被她糾正：

咱民雄叫大腸箍（tuā-tn̂g-khoo）**啦**！

圈（khian）和**箍**（khoo），皆描述團狀或長條物那一圈一環的樣子，因各地源流與習慣不同，稱謂殊異，卻是同樣的油香脂腴，飽滿盈香。

圓輪狀包餡的甜點

糯米腸為台灣傳統美食，異稱就那麼多了，更別說外來事物，尤其是日治時期引進的新飲食，於南於北衍生出不同的名稱。

家族有位伯公，以「殺豬」為業，我們都叫他**刣豬仔伯**（thâi-ti-á-peh），年紀大了體力衰退，洗去血紅雙手轉業，買了台電動三輪車開到民雄街上，用瓦斯生火烤熟爐台平面，上有一圈圈凹洞。只見伯公倒入麵粉糊，平抹均勻，舀一匙匙紅豆或奶油進去，待爐台另一半的餅皮烤熟，就用薄刀掀起倒覆，合體。

不直道名諱，光憑描述，相信讀者你口中便能道出答案：我小時候都叫**紅豆餅**（âng-tāu-piánn），源自日本的和菓子（甜點），因裡頭包的餡多為紅豆。待我到外地經歷，攤販招牌題上**車輪餅**（tshia-lián-piánn），取其外形宛似車輪的模樣。

太太娘家七堵街上媽祖廟斜對面也有賣啊，她卻說**管仔粿**（kóng-á-kér）。喔，此說法很古老啊！

稱「粿」取其軟彈的狀態，或說古早台語人都將類似的點心叫做「粿」。至於**管仔**（kóng-á），敝人推測，是因攤家會將餡料用一「圓管」盛起，末端對著平台圓洞，方便撥刮而入。

許多歷經日治時代的長者，也不說台語啦，直接就日語下去：たいこま

んじゅう，太鼓饅頭。註

答案就在你的嘴上

小吃有異稱，易造成誤會，卻是聊天的談資，於細節的差異中生發趣味。將地瓜泥捏成球入油鍋炸的夜市小品，稱為地瓜球、番薯球、QQ球、QQ蛋等等。

台灣的學生到外地讀大學，無論是南到北、北至南、東西或本島外島交流，不經意便會發現這小小的生活樂趣。

這可都是台語喔，**番薯**（han-tsî/tsû）就不多說，而Q是台灣食物特有的口感，連《紐約時報》都曾專文報導過。此字台語是第七調，不是英文Q的第一調：那介於軟與韌之間的彈牙口感，台語的正字正音是**餗**（khiū）。

文章的最後，來個開放問答。

曾有媒體調查，外國人最畏懼的台灣食物，計有臭豆腐、雞腳、皮蛋，還有一片黑沉沉的、上頭蘸濃醬撒花生粉甚至是香菜上身的那東東……

相信讀者您腦中自然而然就浮現出形象，幽密沉浸於滷汁是一絕，或蒸籠一掀、壯闊水氣為你帶來台灣美食進行曲。

在你口水分泌，齒牙舐舔之際，你有沒有想過：這要叫**米血**（bí-hueh/huih）？還是**豬血粿**（ti/tu-hueh/huih-kué/ké）？這是南北異稱？還是原料不同？

答案在嘴上，快去請教成天追逐美食的專家，或人生經歷豐富的長輩，更要敬重食肆中揮汗討活的勞苦店家，生活無處不學問啊！

註：紅豆餅源自於日本關東的「今川燒」，在日本各地也有不同的稱謂，太鼓饅頭主要是關西與九州的說法。

南北大誤解：滷肉飯、油豆腐、羹湯

此為上個世紀發生的事，其實也不過三十年前。某北部人到南部出差，非坐火車吃鐵路便當，那時高鐵也還沒蓋好，而是搭乘漫長且波折的客運，好不容易到站。

飢腸轆轆的北部人下了車，很快就找到路邊攤，趕緊叫碗**滷肉飯**（lóo-bah-pn̄g）要慰勞旅途艱辛，嘴角舔了舔口水先喝肉羹湯，沒想到老闆將飯一端上，慘案就發生了……

二分法或三分天下

這位北部人，腦中盼望的美食圖像，是白飯上散布細碎肉末，要以筷子充分攪拌盈溢香味，再來大口扒吃。

沒想到，在他眼前的奇觀，是連皮帶肉的**三層肉**（sam-tsân-bah）。牙口不佳的他，見肉如此堅韌，整塊吃完恐怕會齒牙崩毀……

如此這般的慘劇，在不很遙遠的上個世紀是很常發生的。

不過，隨著北部某「滷肉飯」連鎖開店，又被媒體封為「國飯」，大肆宣傳，年輕世代腦海中的滷肉飯圖像，南北全台漸漸統一，以至於白飯上全都澆上肉末了。

固守傳統的南部，專稱**肉臊飯**（bah-sò-pn̄g）；至於一大片三層肉、甚或有長竹籤串過的，專稱**焢肉飯**（khòng-bah-pn̄g）；有些地方的滷肉飯，是介於兩者間的中型肉塊。

也就是，台灣的國飯有二分法，更有三分天下者。

這樣的分法，大致以台中為界線，在文化城點滷肉飯，小肉塊與大肉片都有可能，得先問清楚。

然而在彰化，此問題不大，幾乎是炕肉飯的天下。彰化人早餐吃、午餐吃、晚餐消夜也吃，和嘉義人的火雞肉飯偏執相同。是以，白飯必定配炕肉，取豬的精粹部位，以祕方滷出珍味，要讓精湛刀法切出的珍饈，宛如藝術品。

油豆腐港口形態學

同樣是豬肉，據部位還有不同稱呼，例如**豬跤飯**（ti-kha-pn̄g），**腿庫飯**（thuí-khòo-pn̄g），**豬頭飯**（ti-thâu-pn̄g），**軟骨飯**（nńg-kut-pn̄g），**小排飯**（sió-pâi-pn̄g）等等。

國飯之型態學，有時同實異稱，有時異實同稱，甚至在同一範圍內細分為諸般型態，這也是飲食的腔調風土學。

此為島內四處走踏吃食的趣味，不僅有南北差異，外來新事物入台在地化後，在原料、烹調、稱謂上，也會有精采的衍化。

例如油豆腐，是日本傳來的做法，名為あぶらあげ，台語叫做**豆乾糋**（tāu-kuann-tsìnn），乃油炸過的三角豆腐，卻在淡水生根且炊製浸潤為美食，取あげ台語音為á-geh。之後華語稱作阿給，連同魚酥與魚丸以及鐵蛋，為淡水河岸不可不嚐的在地小吃。

殊不知，基隆也有喔！叫做**豆干包**（tāu-kuann-pau），和阿給的做法相當類似，皆以特製的油豆腐為主體，阿給裡頭塞冬粉，豆乾包則填絞肉再以魚漿封口入蒸籠炊熟。同樣都浸於醬汁吃食，淡水的阿給帶柴魚味，基隆則是雨都款甜辣醬。

港口位於台灣頭，因一八五八年的天津條約開港，當初淡水是正口，基隆為副口，百多年來命運大不同，卻有系出同源、順應風土歷史而發展出來的在地風味。

皆台灣人的愛，都很幸福咧！

在路邊攤辯論腔調

回到餐桌上，回到台語本身。一群剛認識的朋友去吃路邊攤，不必問你哪裡來，從你對「滷肉飯」的腦海印象，就可大致判斷出身。

此外，台灣人吃飯非得要配碗湯，往往是肉羹湯。若說**羹**（kenn）乃漳州腔，大概是中南部非濱海地帶出身，也是比較普遍的優勢腔；若說**羹**（kinn），偏泉州腔，主要居住於北部或中南部靠海處，這是大致的地理判斷。還有還有，若講**滷卵**（nuī，**非** nn̄g），此宜蘭腔為台灣學基本常識，但也可能來自北海岸喔！沒錯，三芝、石門、金山、萬里等地，和宜蘭平原的腔調類似。

講個趣事。某次，一群朋友在路邊攤辯論，吵得面紅耳赤，就有人要來當和事佬：

恁莫閣 tsinn **矣啦**！

一聞此言，吵得正凶的辯論者，瞬時無言，冒出一堆黑人問號。

原來，和事佬的腔調偏泉，諍是說 tsìnn，恰巧跟**糋**（tsìnn，**炸**）同音，這和偏漳普通腔的**諍**（tsènn），發音不同。

不是要勸和別在言語上**諍**（tsènn）？怎麼變成庖廚之事叫大家不要**糋**（tsìnn）？

腔調誤會泯恩仇，一陣大笑後，放下爭議，以美食共和——大吃滷肉飯、大喝肉羹湯，好好享受台式生活的逍遙自在，別再用舌頭亂亂炸炸炸啦！

動作舌頭會打結：青菜、付錢、充電

斌仔是我的**死忠兼換帖**（sí-tiong kiam uānn-thiap），常常在網路上聊天打屁，交流垃圾訊息。傷心的時候互相安慰，且不需要理由想到就一起去逛大街吃大餐。

如此深厚的情誼，奠基於大學同班，更是寢室室友。讀中文系的我們華語發音都不標準，整天膩在寢室用台語聊天，不小心還會徹夜聊到天亮。升學的過程，我讀好班順順利利升上去；斌仔就坎坷多了，當兵後重考才上大學。

因為，其青春期會歷經一段體制外的遊蕩。

這就是我們聊到天亮的原因，斌仔社會經驗多，故事超精采，在基隆港畔當飆仔，看到不順眼的，就會眼神凶厲的tshinn——

Tshinn？我們嘉義人都說**睨**（gîn）咧！動作都是「瞪」，南北有差！

口味無仝的青菜

過去，台灣各地腔調的大碰撞，多在入伍當兵時。山濱海涯鄉村城市的小鮮肉被捉到軍營剃光頭——除了四大族群的語言分別，台語少年一見面，才驚覺各地腔調有差，比出國的文化衝擊更為細膩深入。

而到我六年級這一輩，大學逐漸廣設，各地青年的學歷也越來越高，反而是在學校宿舍內，衝擊出新一波的南腔北調大集合。

是以每次和斌仔講台語，就是覺得不順，因其偏泉州腔，我乃漳州腔，頻率最對不上的，就是變調。

舉個例子：台北的**松山**（siông-san），我「松」的變調是平平滑過去，斌仔會微微下降……某次搭火車經松山車站，真的耶！廣播傳來的就是斌仔那種微下降變調。

還有青菜的「青」，斌仔說 tshinn，我是 tshenn，此乃一北一南、一泉一漳之殊異。他嗜吃的 tshinn **菜**到我口中，就像改換烹調法，吃是可以吃，但難以下嚥，我還是喜歡吃 tshenn **菜**啦！

頂港下港大捙拚

和斌仔的差異，到外頭吃飯時更為明顯。

湯麵端上來，他總要拿起胡椒罐撒一撒，鼻子敏感的我隨即打噴嚏，敬謝不敏。基隆人愛喝湯愛得要死，我嘉義人則要帶肉帶油帶鹹——口味不合就互相取笑，我說**詼**（khue）來詼來，他習慣說**詼**（ge）來詼來，同樣的嘲笑戲謔，他 ge 我 khue，我 khue 他 ge，好朋友才會互相**黜臭**（thuh-tshàu）啦！

好了好了，飽食後我要去**納錢**（lap tsînn）：斌仔說不對啦，台語要說**付**（hù tsînn）錢。

這怎麼對呢？我從小在嘉義都是**納錢**咧！問老闆，他也說**納錢**，斌仔不服氣，說這是高雄，不準不準。

之後，我們就在基隆吃大餐，雨都說**付錢**，換我吃驚了大聲抗議，卻引來基隆人回應：

彼猛下港腔啦！（你們南部腔啦）

一般大眾的印象，劃分台語腔調，多用北部腔與南部腔識別，就像火車與公路未普遍前，台灣的運輸主力靠水路，是以用**頂港**（tíng-káng）、**下港**（ē-káng）位居南北的港口水路來劃分。註

頂港以泉州腔較為通行，下港漳州腔占優勢，但非決然的劃分，其中誤差頗大。例如大台北的士林北投地區以漳州腔為主，至若中南部海口腔通行處，其實是泉州腔的地盤。

靠差異來發友情的電

過去台語比較弱的我，常被斌仔的腔調打亂，尤其是變調。有趣的是，我的習慣用詞就相當堅定，不會被斌仔牽著走。

某次我那台老車熄火後忘了關燈，停在路邊電耗盡發不動。只好攔下計程車，請司機拉出備用的救車線，然後兩台車的車頭相對，前蓋掀開，將救車線接上通電。

在嘉義，這動作的普遍說法是**焐電**（ù-tiān），焐是靠一下枕一下碰觸一下的意思，如**焐冰**（ù-ping）是冰敷，其動詞取其通電的碰觸過程。但斌仔卻說**插電**（tshah-tiān），描述夾子立於電瓶上的樣態。此外，還有一說叫 pha **電**。

同樣一件事，不同的說法，這是台語用詞差異的巧妙處。

因為差異，才有聊不完的話題，我南部人愛讀書耽溺於音樂，他北部人對車子與路況相當了解簡直車神。方音差就像人的個性和興趣，沒有對錯也沒有好壞，可都是好朋友，就像我和斌仔常一起出遊，漫無目的遊蕩，我慣說**四界拋拋走**（sì-kè pha-pha-tsáu）。

劇情就開始重複了，每次我言及此詞，斌仔總是會回憶起阿媽，口角生風出口成章，看孫子蹦蹦跳跳要出門晃蕩，總忍不住唸一下：

莫佇遐一八溜溜去（it-pat liu-liu-khì）。

這就是南腔北調的趣味，一說再說，說了幾十年，**臭酸**（tshàu-sng）是很臭酸，依然是**死忠兼換帖**的好朋友。

註：頂（tíng）、下（ē）在台語中意思很多樣，除了上下、優劣、方位之關係，還有發展先後次序之分，得據語言脈絡與歷史發展來判定。

烹調用詞差異：熬湯、肉粽、炸豬油

在夜闇的台北的巷弄深處的某家小酒館，我和年輕編劇朋友約見面，聊文學、藝術與影劇界的剝削不合理，以及，我們共同熱愛的拉麵。

和我一樣來自雲嘉地區的他，相當熱愛**煮食**（tsú-tsia̍h，**烹煮**），常在家實驗研發，甚至與親友合資，膽敢在雲林開拉麵店。

因有實戰經驗，根據支出數字他分析了拉麵的成本比例，占最多的當然不是海苔與溏心蛋，麵條與叉燒肉還不是最多的，最燒錢的是熬製湯頭，他台語說**焄**（kûn）湯。

此詞脫口而出，如顆流星，嚴重撞擊了我。

動詞即飲食習慣

可非熬湯燒錢之現實撞擊，而是，年輕編劇常向我討教台語，甚至聘我做台語顧問，和我一樣在北部工作的他，其用詞固守我們雲嘉的習慣用法，熬湯的動詞用**焐**。沒想到啊沒想到！定居台北多年，受到周遭朋友與環境的影響，我熬湯的動詞，被同化為**炕**（khòng）。

這兩個動詞很類似，撇開炕肉飯的滷製手法，單單就熬湯而言，有人認為是熬煮的食材、火候與時間之差異。然而，面對拉麵這樣的新事物，若未形成普遍說法，語言使用者會習慣先行。若不是在台北住那麼久，受到周遭環境的牽引，我向來也都是說**焐**。

雖說用詞不知不覺被影響，但我舌尖的口味可是很膠固的。

每年端午節將至，我就期待媽媽寄來台北的肉粽，眾所周知，南部粽是用**煠**（sa̍h，**水煮**）的，才能將包覆其中的花生與三層肉的油脂溶入糯米之心。我太太是北部人，覺得南部粽軟爛不對味，她的舌頭只接受北部粽——我隨即捏起鼻子，說那種硬邦邦帶霉味的消波塊，是人怎麼吃得下？

眾所周知，北部粽乃先將料拌炒，包入粽葉再來**炊**（tshue/tshe，**蒸**），有人說是立體的油飯，我則比喻為油飯的綠色奇蹟。

我的南北粽主張發表到此，就此住嘴，否則就要被打成消波塊囉。

鱔魚麵分南北派

不只南北粽，陳俊文《嘉義小旅行》書中，將嘉南平原的鱔魚麵，分為南北兩派。阿聰我舌頭認證的鱔魚麵，是將鱔魚片、辛香調味料與油麵等，依序入大鍋猛火快**炒**（tshá，**翻炒**），飽含著鼎鑊味，是我入夜後舌頭之所向。

某次到台南出差，入夜後舌頭忍不住，找了塊鱔魚麵招牌入座點菜，等待時，竟然看到老闆先**牽羹**（khan-kenn/kinn，**勾芡**），將湯汁煮得濃稠稠的，再將炸過的意麵燙軟後入鍋煮……天啊！在嘉義這叫做錦魯鱔魚麵，我用筷子吃力地夾起來再入嘴，沒錯，是甜的！

台南通稱鱔魚意麵，羹稠味甜；嘉義名為炒鱔魚麵，鹹香殊勝。分居嘉南平原之南北，給在地人的舌頭固守著。

也非截然二分，在府城的南派店家中，也可吃到北派大火炒之鹹爆香；在北派的嘉義鱔魚麵攤，你可以點南派的錦魯黏稠味，南北大多混雜，差別在主從關係。台南甜度比較足，多用意麵；嘉義頂多半糖，油麵占大半江山，

阿聰是北派嘉義炒鱔魚麵之支持者，此堅持不容質疑，無法二分。

偷來吃的最美味

有些飲食不只台灣，凡漢人之聚落多有，例如湯圓。小時候最期待冬至，媽媽一早就去市場買**圓仔粞**（înn-á-tshè/tshuè，**糯米團**），給我們這些孩子搓捏成一粒一粒的，放入熱水中**烰**（phû）圓仔，紅白兩色我都愛，是純圓不包餡的。直到某家廠牌在電視大打廣告，才知道有種包餡的元宵，這是晚近從中國傳來台灣的好食物。

更愛我媽的拿手菜，內包滷肉、伴茼蒿煮的鹹湯圓，吃一碗不夠總要再

續。出外到台北就業後，某次在餐廳的菜單發現鹹湯圓，毫不猶豫便點下去……湯碗端上才知，這是客家鹹湯圓，湯圓有紅白，卻沒有包餡，其鹹在於湯頭與油蔥酥。

全天下幸福孩子都類似，媽媽的拿手菜我都愛吃，更愛偷吃——那是媽媽將整袋的豬板油倒入鍋中，開火慢慢來熬豬油，香味超誘人，我就在旁邊窺伺著，等炸得金黃的**豬油粕仔**（ti/tu-iû-phoh-á）撈起，我手一伸便偷來吃，燙舌啊！油膩啊！極致啊！

跟朋友說到**煏**（piak）豬油的美妙情境，口水便流不停，朋友卻說他家裡頭的動詞是**炸**（tsuànn）……反正都很好吃啦！台語的南腔北調與習慣用法不同，就像各款麵條的粗細軟硬筋度殊異。

反正，只要有媽媽的豬油，撒點鹽花，簡單攪拌一下，就是最極致的乾麵 hiô。

台語心花開：學台文超入門

作者	鄭順聰
社長	陳蕙慧
副社長	陳瀅如
責任編輯	陳瓊如（初版）
行銷業務	陳雅雯、趙鴻祐
校對	董育儒
封面設計	謝捲子@誠美作
繪圖、內頁設計	陳宛昀
內頁排版	宸遠彩藝
印刷	呈靖印刷股份有限公司
出版	木馬文化事業股份有限公司
發行	遠足文化事業股份有限公司（讀書共和國出版集團）
地址	231023 新北市新店區民權路 108 之 4 號 8 樓
電話	02-2218-1417
傳真	02-8667-1065
客服信箱	service@bookrep.com.tw
客服專線	0800-221-029
郵撥帳號	19588272 木馬文化事業股份有限公司
法律顧問	華洋法律事務所　蘇文生律師
初版一刷	2022 年 05 月
初版四刷	2023 年 12 月
定價	NT$400 元
ISBN	978-626-314-165-0（平裝）
	978-626-314-180-3（EPUB）
	978-626-314-179-7（PDF）

國家圖書館出版品預行編目

台語心花開 / 鄭順聰著 . -- 初版 . -- 新北市：木馬文化事業股份有限公司出版：遠足文化事業股份有限公司發行 , 2022.05
面 ;14.8x21 公分
ISBN 978-626-314-165-0（平裝）

1. 臺語　2. 讀本

803.38　111005271